신데렐라와 유리 천장

페미니즘 감성으로 다시 쓴 명작 12편

신데렐라와 유리 천장

로라 레인, 엘런 하운 지음

김다니엘 옮김

살림

| 차례 |

들어가며_시대가 변했으니
　　　　그녀들은 다르게 읽혀야 한다　　　　　　7

여자에게는 매직 버튼이라는 게 있지, 「인어 공주」　　11

그녀는 당신에게 동의하지 않았어, 「잠자는 숲 속의 공주」　27

그 말이 바로 차별과 혐오야, 「백설공주와 일곱 난쟁이」　45

하이힐 대신 플랫 슈즈를 선택할게, 「신데렐라」　　61

여자라면 늙어서도 겪는 일, 「빨간 모자」　　81

내가 기르는 털이 무엇이든, 「라푼젤」 95

임금 격차, 승진 문제, 다음 세대를 위한 연대, 「뮬란」 111

여자의 적은 여자라고 지껄이는 남자에게, 「피터 팬」 125

나를 지키는 건 나야, 「미녀와 야수」 139

왕자에게 키스하기 싫은 공주도 있지, 「완두콩 공주」 159

결혼이 인생과 사랑의 완성은 아니야, 「엄지 공주」 173

어느 인플루언서의 최후, 「골디락스」 189

시대가 변했으니 그녀들은 다르게 읽혀야 한다

수세대에 걸쳐 명작으로 손꼽힌 동화는 '어린이를 위한 이야기'라는 가면을 쓴 가부장적이고 남성 우월주의적인 호러 스토리와 다를 바 없습니다.

한 여성이 남성 룸메이트 일곱 명을 위해 밥을 짓고 빨래와 청소를 합니다. 늑대는 어린 소녀를 스토킹했고, 집까지 쫓아 들어가 두 명을 살해했지요. 털복숭이 납치범과 사랑에 빠지는 여자도 있습니다. 인어는 돛단배를 탄 낯선 남자를 위해 가족과 친구 그리고 자신의 목소리까지 포기합니다. 속물 같은 소녀는 한 가족이 사는 집에 무단 침입해 그들의 아침밥을 빼앗아 먹었고요. 성인으로 자라기를 거부한 사내아이는 창가에 앉아 있다가 아이들에게 슬금슬금 다가갑니다. 많은 남자들이 잠든 여자들에게 멋대로 입을 맞췄습니다. 그리고 등장하는 거의 모든 인물이 백인으로 설정되어 있죠.

여기엔 짐승, 악당 그리고 타인을 쉽게 판단하고 손가락 질하는 거울이 가득했습니다. 하지만 그보다 더 나쁜 최악의 적은 늘 다른 여성이었습니다. 뭐니 뭐니 해도 제일 무서운 건 서른 살이 훌쩍 넘은 여성이었죠.

계모, 이복 자매, 마녀, 요정, 바다 괴물 등은 언제나 악으로만 묘사됐습니다. 그리고 그들 모두는 불행한 독신녀였어요. 그들 중 다수는 이마에 뾰족하고 심술 맞아 보이는 V자 헤어 라인을 갖고 있었습니다. 그들은 남의 유산을 훔치려 하거나 누군가를 벽난로 곁에서 잠자게 하거나, 자기보다 아름답다는 여성을 죽이고 싶어 했어요.

그동안 여자들은 이런 이야기에서 어떤 사소한 변화도 이끌어내지 못했습니다. 단지 자줏빛 아이섀도를 짙게 칠한 '악'이거나 둥글둥글 송충이 눈썹을 한 '선', 두 부류만 존재했어요. 가끔 암컷 생쥐가 등장하는 경우도 있긴 했어요. 그가 한 일이라곤 바느질뿐이었지만요.

여성들은 유년기에 명작이라고 칭송받는 이런 이야기들에서 돈 많은 남자, 가급적이면 왕자와 결혼하기 위해 무슨 짓이든 해야 한다고 배우게 됩니다. 그런 남자들에게 닿기 위해서는 길고 예쁜 머리카락을 갖고 있어야 했어요. 아니면 그저 구출되기만을 바라죠. 일단 멀쩡한 남자 하나 잡아서 다른 악녀를 물리치면 모든 이야기는 끝이 났습니다. 그들에게는 에이전시나 매니저가 없었고, 별다른 힘도 없었어요. 또한 함께 뭔가를 분출한 또 다른 동성 친구도 없었고요.

끔찍하지 않나요?

우리가 더 이상 목에 우스꽝스러운 넥 칼라 러프를 두르지 않듯이 시대도 변했습니다. 그러니 이러한 이야기들도 새롭게 바뀌어야 하지 않을까요? 매우 진지하게 말하건대, 우리는 패션이랍시고 여성들의 목에다 선풍기 같은 것을 휘감는 세상이 돌아오지 않기를 바랍니다.

우리가 다시 쓴 이 동화에서는 주인공이 온전히 자신의 자존감을 토대로 마지막 말 한 마디를 남깁니다. 그들은 인어 꼬리보다 질이 더 멋지다는 걸 알고 있습니다. 유리 구두 따위를 신으려 애쓰기보다는 유리 천장을 깨뜨리기 위해 더 열심히 일해야 한다는 것을 알고 있습니다. 그리고 그들은 '오래오래 행복하게 살았답니다' 같은 결말은 그저 가부장제에 의해 날조된 거짓 신화임을 잘, 아주 잘 알고 있습니다.

여자에게는
매직 버튼이라는 게 있지,
「인어 공주」

THE LITTLE MERMAID

GETS A VAGINA

옛날 옛적. 바다에 오줌을 갈기는 인간들, 빨대 같은 플라스틱 쓰레기, 그리고 유출된 석유로부터 멀찍이 떨어진, 깊고 깨끗한 바닷속 궁전에 인어 자매들과 아버지가 함께 살았습니다. 그중에는 호기심은 많고 겁은 없는 어린 인어도 있었어요. 필요한 것들은 거의 다 가진 인어였지만 그녀는 더 많은 것을 갈망했습니다. 무엇보다 세상을 탐험하고 싶어 했어요. 사실 탐험이라고 해봐야 잘생긴 선원들과 어울리며 노닥거리는 것에 가까운 일이기는 했지만요.

고압적이고 꽉 막힌 아버지는 딸에게 수없이 경고했습니다. 뱃사람들에게 작살을 맞을 수도 있으니 수면 위로 얼굴을 보이지 말라고.

하지만 인어는 헤엄쳐 보트에 오른 뒤 넋 나간 듯 어부와 선원들을 쳐다봤습니다. 물론 시간이 지나면 인어는 아버지가 지극히 합리적이었고, 그저 반항적인 사춘기 소녀를 잘 보살피려 최선을 다했을 뿐이라는 걸 깨닫겠지요.

인어는 특히 선원 하나와 함께하는 시간이 늘어났는데, 누구나 예상할 수 있듯이 그는 흙수저 선원이 아니라 왕자였습니다.

인어는 몇 밤 동안 아이돌 사생팬처럼 왕자의 배를 쫓아다닌 뒤 인간이 되기로 결정을 내렸습니다. 바다를 떠나 땅에서 제대로 한번 살아 보고 싶었기 때문입니다. 완전한 인간이 되어 섹시한 왕자와 뭐라도 같이 좀 해보고 싶었고요.

인어는 진짜 같은 위조 신분증을 구하고 자신을 도와줄 바다 마녀를 찾아 나섰어요. 인어는 마녀를 찾아가 이렇게 말했습니다.

"사람이 되고 싶어요. 나는 다리가 필요해요. 예쁜 샌들이 신고 싶어요. 그리고 무엇보다 섹시한 그 선원의 엉덩이를 움켜쥐고 싶어요."

"아이고, 귀여운 아가. 그게 다 내가 하는 일이야. 나는 불행하고 충동적이고 호르몬 넘치는 인어들을 돕기 위해 사는 거야. 물론 세상에 공짜는 없으니까 나도 서비스를 해주고 대가로 받을 뭔가가 필요해. 돈 같은 건 됐고⋯⋯. 그냥 좀 약소한 거면 충분해. 네 목소리를 줄래? 미리 말해두는데 일단 거래를 하고 나면 교환이나 환불은 안돼."

인어는 바닷속에서 목소리를 쓸 일이 거의 없었습니다. 대부분의 바다 생물은 고도로 진화되어 조개 껍데기를 두드리는 것 정도로 의사소통이 가능했기 때문입니다. 왕자에게 뭔가 말해야 할 일이 생기면 언제든 편지를 쓰면 되고요. 사랑하는 가족들을 두고 바다를 떠나는 것은 꽤나 큰일이었지만, 때로는 사랑에 빠지면 누구라도 옳은 결정을 내리지 못하고 바보 같은 짓을 하죠.

"좋아요. 그렇게 해요."

인어는 대답했고, 계약서에 사인했습니다. 하지만 이런저런 계약 사항이 쓰인 종이는 이내 물속에서 젖어 버렸고, 잉크는 바다 안에서 흩날려 엉망진창이 되었습니다.

인어는 초조하게 눈을 감은 채로 자신에게 다가올 변화를 기다렸습니다. 그런데 아무 일도 일어나지 않았어요. 그녀는 실눈을 뜨고 좀 더 훔쳐봤습니다.

"다리 생기는 데 얼마나 걸리나요?" 마녀에게 물었습니다.

"아, 실은 우리 그 전에 먼저 알려줄 게 있어." 마녀가 심호흡을 하며 말했습니다.

"제 다리에 대해서요?"

"뭐 그런 건데, 내가 해줘야 할 얘기가 있어. 너는 다리도 생기지만, 그 사이에 뭐가 하나 더 생길 거야."

인어는 혼란스러웠습니다.

"뭐라고요?"

"질이라는 게 생길 거야."

인어는 다리를 갖고 싶어서 거래를 한 것뿐이지, 1+1이나 2+1 같은 패키지를 원하지 않았어요.

"고맙지만 다리만 있으면 되는데요." 인어는 당장이라도 두 다리를 뻗어 움직여보겠다는 마음으로 바다 마녀 앞까지 헤엄쳐 가서 말했습니다.

"전에도 시도해봤지만, 별다른 방법이 없어. 입으로 오줌 싸는 건 좀 그렇잖아?"

"그냥 일단 다리 먼저 주세요. 질 같은 건 내가 알아서 할 수 있을 거예요."

"아이고, 아가야. 잘 들어 보렴. 질은 꽤나 복잡 미묘한 거란다. 난 그것도 제대로 쓰지 못하는 바보 같은 널 바다 밖으로 그냥 떠나보낼 수 없어."

인어는 바다 마녀를 바라보며 생각에 빠졌습니다.

'대체 무슨 속셈일까?'

물론 인어는 바다 마녀에 대한 의심과 경계보다는 신뢰하는 마음이 더 컸습니다. 그렇지 않았으면 애초에 마녀에게 다리를 만들어 달라고 오지는 않았겠죠. 하지만 예전에 풍성한 머리카락이 갖고 싶어 모발 이식을 소원으로 빌었던 수컷 인어를 메기로 만들어버렸다는 소문을 들은 적이 있으니 내심 불안했습니다.

"근데 왜 저한테 잘해주는 거예요? 바다 마녀는 악당 아닌가요?"

"있잖아, 나는 나쁘다기보다 그냥 나 자신만을 생각하며 사는 거야. 하지만 너나 나나 여전히 수컷 중심의 가부장제와 싸우면서 하루하루를 살아가는 건 다를 게 없어. 그렇지 않니?"

바다 마녀는 근처 바위를 두드리면서 이쪽으로 와서 얘기 좀 하자고 인어에게 손짓했습니다.

"제일 먼저 알아야 할 가장 중요한 것. 생리!"

마녀는 붉은 말미잘을 소품처럼 들고 설명했습니다.

"한 달에 한 번, 일주일 정도씩 질에서 피가 날 거야."

"어디가 다쳤거나 안 좋은 건가요?"

"아니, 아니, 아니. 아주 고통스럽기는 하겠지만, 그건 완벽하게 정상적이고 건강한 거야. 네가 쉰 살이 될 때까지는 아마 계속 그럴 거야." 바다 마녀는 조용히 킥킥대며 웃었습니다.

"만약 질이 생기는 게 거래에 포함되는 걸 알았다면 조금 더 고심해서 결정했을 텐데."

"하지만 생각해봐. 다리가 있어야 걷고, 달리고, 스쿼트도 할 수 있어."

"오우, 스쿼트! 엄청 재밌을 것 같아요!"

인어는 바위에서 일어나 스쿼트를 해보려고 했지만, 꼬리가 달린 채로는 스쿼트를 할 수 없다는 걸 금방 깨달았어요.

"다른 것도 다른 건데, 스쿼트는 진짜진짜 해보고 싶었어요. 그리고 생리도 그럭저럭 잘 해결할 수 있을 것 같아요.

말씀해주셔서 고맙습니다. 이제 다리에 대한 마음의 준비가 다 된 것 같아요."

"귀여운 인어야, 그럼 우리 이제 한번 시작해보자꾸나."

바다 마녀는 바위를 가리키며 뒤로 떡치듯 앉는 자세를 취했어요.

"질은 섹스할 때도 쓸 수 있거든. 네가 남자랑 그 짓을 하면, 남자 거시기가 네 질 안을 쑤시고 들어와 한 10분 정도는 반복적으로 왔다 갔다 움직일 거야. 주거니 받거니, 받거니 주거니."

바다 마녀는 헐거운 소라 껍데기와 산호 조각을 들고 페니스가 삽입되는 장면을 묘사했습니다. 인어는 처음 보는 광경에 꽤나 큰 충격을 받았어요.

"그게······. 기분이 좋은 건가요?"

"음. 가끔은. 그리고 때로는 이걸 갖다 써야 할 거야."

바다 마녀는 가슴 골에서 피임약 한 팩을 꺼내 인어에게 줬습니다. 인어는 그 안에 있는 작은 알약을 몇 개 꺼내 살펴봤어요.

그녀는 사람들의 발명품 같은 것들을 이제 제법 능숙히

사용할 수 있다고 생각했습니다. 왜냐고요? 지난 수년간 바다 밑에서 난파선의 보물들을 수집하는 연습을 해왔거든요.

"인간들이 코 높일 때 쓰는 도구?"

인어는 코 안에 약을 꽂아 넣으며 말했습니다. 그러자 바다 마녀는 고개를 저으며 중얼거리듯 말했습니다.

"아니! 이게 일주일 동안 여자들이 먹는 약이야. 피임법 중 하나라고 생각하면 돼. 여드름 완화에도 효과가 있지만, 몸이 좀 붓고 기분이 울적해지는 안 좋은 점도 있어."

인어는 콧바람으로 피임약을 내뱉으며 말했어요.

"괜찮아요. 피임도 됐고, 그냥 질 없이 다리만 있으면 된다니까요."

"그건 불가능하다니까. 상상해보렴. 다리가 있어야 점프도 할 수 있고 살짝 뛸 수도 있고, 자전거도 탈 수 있어."

"재미있겠네요. 좋아요. 나도 피임약을 쓰도록 할게요. 그리고 붓기도 잘 관리하고요."

"훌륭해! 그리고 왕자한테 이걸 끼우면 좀 더 확실히 피임이 될 거야." 마녀는 콘돔을 꺼내 인어에게 건네면서 말했습니다.

인어는 작은 조개 크기만 한 플라스틱 포장지를 살펴보다가 찢어 열었습니다.

"나는 육지 사람들이 만든 물건이 어디에 어떻게 쓰이는지 이제 꽤 잘 아는 것 같아요." 인어가 으스대며 덧붙였습니다. "이거 사람들이 씹는 끈적끈적한 거잖아요. 다 씹고 나면 땅바닥에 던져 다른 사람들이 밟게끔 장난도 치고요."

인어는 말이 끝나기가 무섭게 콘돔을 입에 넣고 질겅질겅 씹기 시작했어요.

마녀는 일부러 오래 인어의 말과 행동을 지켜보고 있었습니다.

"아냐, 그건 남자 질에 씌우는 거야."

마녀의 말에 인어는 크게 놀라 콘돔을 뱉어 냈지만 애써 담담하게 아무렇지 않은 척했습니다.

"네, 네, 네. 알죠. 잘 알죠." 인어가 입 주위에 묻은 윤활제를 닦으며 답했습니다.

"남자가 그걸 꼭 쓰게 하는 것이 좋을 거야. 왕자는 뱃사람이기도 하니, 뭐 거의 확실히 매독이랑 곤지름 정도는 갖고 있다고 봐야지. 직접 그런 얘기 따위를 꺼내진 않겠지만 말이야. 남자들에게는 그런 일들이 워낙 오랫동안 대수롭지 않았으니까. 하지만 성병에 걸렸으면서 상대에게 밝히지 않는 건 이제 인간 세상에서 큰 문제가 되고 있어."

그 얘기가 인어가 다시 한 번 마음을 바꾸거나 결정하기 위해 들을 수 있는 말의 전부였습니다.

"생각해보니 저는 그에 대해 아는 게 거의 없어요." 인어는 불현듯 왕자가 생각만큼 귀엽고 깨끗한 사람이 아닐지도 모른다고 느꼈습니다. "음……. 나한테 정말 다리가 필요한 건지도 잘 모르겠어요."

"하지만 춤도 추고 싶고, 뛰어 놀고 싶고, 언젠가는 사람의 아기도 갖고 싶잖아?"

인어는 고개를 저었어요. 사람의 아기를 갖고 싶다는 생각을 한 번도 해본 적 없었습니다. 난파선에서 사람이 낳은 아기 사진을 봤을 뿐, 인어 아기 사진은 본 적이 없었어요.

"오, 아기! 베이비! 혹시 아기들이 어디에서 나오는지 아세요?" 인어가 소리치며 물었습니다.

곰곰이 생각해봤지만, 아기가 밖으로 나오기에 충분할 만큼 큰 구멍은 신체에서 분명 하나뿐인 것 같았습니다.

인어가 웃으며 말했어요. "입! 입이겠죠?"

"아니, 전혀." 마녀가 답했습니다.

"너의 질."

질에서 아기가 나오는 건 인어가 상상했던 방법이 아니었을 겁니다.

"질이 그렇게 큰가요? 넙치만 해요?"

"아냐. 작은 편이야. 랍스터 절반 정도 크기."

"어떻게 그게 돼요?" 인어는 자신이 정말 그 사실을 알고 싶은지 아닌지도 모른 채 질문을 던졌습니다.

"별거 아냐. 사람들이 너에게서 아기를 떼어 낼 거야. 아주 짧은 시간 내에. 혹시라도 그 일이 일어나지 않는다면 아기가 너의 질에서 항문까지를 찢으면서 직접 나올 거야. 진짜 죽도록 아프기는 해. 그 모든 상황이 진짜 큰 골칫거리가 될 수도 있어."

이 이야기들은 인어가 한번에 모든 결정을 되돌리기 위해 들어야 할 모든 것이었습니다. 인어는 천천히 바다 마녀에게서 멀어지며 출구를 향해서 뒤로 헤엄쳤습니다. 자신이 제대로 수영할 준비가 되어 있다는 것을 티 나지 않게 하려고 무던히도 애썼습니다.

"저기요……. 생각하면 할수록 저는 바다에서 사는 게 진짜 행복한 것 같아요. 비늘로 뒤덮여 있기는 하지만, 인어들 중에도 꽤 괜찮은 팝 스타들도 많고요. 꼬리도 그렇게 나쁜 것 같지는 않아요. 시간 내주셔서 정말 고맙지만, 거래는 안 하는 걸로 마음 바꿨어요."

인어 공주는 바다 마녀에게서 점점 더 멀어지면서 얘기했습니다. 하지만 너무 늦었어요.

"아니, 넌 이미 계약서에 서명했어." 꽤나 흐물흐물해졌지만 여전히 알아볼 수는 있는 계약서를 손에 들고 마녀가 소리쳤어요.

"와하하하하하하하하하!"

인어 주위에 연기가 피어올랐고 바다 마녀가 불길하게 웃었습니다. 인어는 자신의 꼬리가 녹으면서 다리로 변하는 것을 느꼈습니다.

조금 전까지만 해도 인어였던 그는 재빨리 개헤엄을 쳐 해수면 위로 떠올랐습니다. 더 이상 물속에서 말하거나 숨을 쉴 수 없다는 것을 심장으로 느낄 수 있었습니다. 그는 불빛을 향해 헤엄치면서 목구멍까지 숨이 차오르는 것을 느낄 수 있었습니다. 마침내 육지에 다다랐고 모래 위로 엉금엉금 기어올랐습니다.

일단 숨을 고르고 난 후, 그는 자신의 다리와 질을 내려다봤어요. 이런 젠장. 질이라는 건 미치도록 아름다웠어요.

왕자를 찾는 대신 우선 혼자서 자신의 성감과 만족을 탐구하며 시간을 보내기로 마음먹었어요. 그는 근처에 버려진 배를 발견하고는 72시간 동안 해초를 씻어 먹으며 질에 대해 제대로 알기 시작했어요. 인류, 인체 최고의 발명품인 질에서 매직 버튼을 발견하는 데까지는 17분이 걸렸습니다.

그리고 언젠가 이 세상에서 가족을 떠나는 것을 고려해볼 만큼 가치 있는 걸 하나 알게 된다면, 그것이 바로 클리토리스라는 것도 느낄 수 있었답니다.

그녀는 당신에게 동의하지 않았어, 「잠자는 숲 속의 공주」

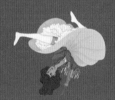

SLEEPING BEAUTY

GETS WOKE

머나먼 외딴 성에 눈부시게 아름답지만 혼수상태처럼 깊은 잠에 빠진 브라이어 로즈라는 공주가 살았습니다.

　로즈가 갓난아기였을 때, 엄마 아빠가 딸의 백일인지 돌인지를 축하하는 잔치에 어느 요정을 초대하는 것을 깜빡했다가 그 요정에게 저주를 받게 되었습니다. 이 잔치는 돈 좀 있는 사람들이 샴페인에 취해 갓난아기를 데리고 웃고 떠들면서 시간을 보내는 남쪽 왕국 부르주아들의 전통이었습니다. 그 요정은 초대받지 못해서 심기가 불편했던 거죠.

　말 그대로 왕국의 거의 모든 사람들이 초대되는 파티였기에 초청되지 않은 요정은 앙심을 품고 파티를 망치기로 마음먹었습니다. 갑자기 나타나 공짜 음식과 주류, 음료를 먹어치우는 것도 생각해봤지만, 그 대신 어린 로즈에게 저주를 걸어 자신을 무시한 것에 대해 복수할 참이었습니다.

"열여섯 살이 되는 생일에 브라이어 로즈는 물레에 손가락을 찔리고는 죽게 될 거야." 요정은 치즈 퐁뒤를 집어 들며 말했습니다. 세 번, 네 번, 아니 다섯 번이나 고다치즈를 숟가락으로 퍼먹은 후, 요정은 사라졌습니다. 다행히도 함께 참석한 다른 요정이 사악한 요정의 저주를 바꿔주었습니다.

"죽는다는 가혹한 저주 대신에 공주는 성 전체와 함께 영원히 깊은 잠에 빠지게 될 거야. 그리고 진실한 사랑이 나타나 공주에게 키스를 해야만 잠에서 깨어날 수 있어."

착한 요정이 축복하듯이 속삭였습니다.

수많은 날들이 지나고 공주에게 씌워진 저주가 시대와 맞닥뜨렸을 때, 요정은 자신의 잘못이 아니라 단지 시대가 달라져서 생긴 일이라고 말하게 될 것입니다.

100년 후로 빨리 감기……

왕국은 착한 요정이 바꾸어 놓은 저주 아래 깊은 잠에 빠져들었어요. 어떻게 보면 축복과도 같은 저주 덕분에 브라이어 로즈는 늙어빠진 100년짜리 시체처럼 보이는 대신 흠잡을 데 없는 미모를 유지하고 있었습니다.

어느 날, 대학교 폴로 팀의 주장이기도 한 이웃나라의 젊은 왕자는 저주로 잠들어 있는 미녀를 단 한 번의 키스로 깨울 수 있다는 소문을 들었습니다.

사실은 소문을 들었다기보다 갖가지 방법을 동원해 그런 정보를 캐낸 것이고요. 그리고 잠자는 공주를 상대로 수작을 부리는 게 멀쩡히 깨어 있는 공주에게 작업을 거는 것보다 훨씬 더 쉽게 느껴졌기에 그 성을 찾아가기로 결심합니다. 모험이 시작된 거죠.

왕자는 숨겨진 성을 발견하고는 성벽을 무성하게 뒤덮은 가시덤불을 잘라내고 용 한 마리를 죽였는데, 남들에게 그것을 뽐내지 않고는 견딜 수 없었습니다.

하지만 용에 대해서 아는 것이 뭐라도 있다면, 그 용이 불을 뿜어낼 수도 없을 정도로 작고 어린 용이라는 것쯤은 느낄 수 있었을 거예요.

왕자는 성에 있는 모든 방을 샅샅이 뒤진 끝에 의식이 없는 여자를 발견했어요.

"이런 10점 만점에 10점짜리 미모를 갖춘 여성을, 10원짜리 동전 줍듯 쉽게 갖게 될 줄이야!"

그는 사람도 없는 곳에서 누구라도 들으라는 듯 크게 지껄였습니다.

그러고는 공주에게 가까이 다가가 무릎을 꿇었습니다.

"오! 잠자는 숲 속의 공주, 난 너에게 닿기 위해 가시덤불과 거대한 용, 그리고 발바닥에 생긴 물집과 싸우면서 여기까지 왔어. 저주는 너의 탐스러운 입술을 향한 내 키스와 함께 곧 끝이 날 거야. 당신이 오해할지도 모르겠어. 여자들이 이해하기에는 꽤나 복잡한 저주니까. 저주는 나쁜 사람들이 하는 비열한 주문 같은 거지"라고 수컷 특유의 젠체하는 설명을 늘어놓았어요.

"그리고 난 식스팩 복근과 몇 송이 꽃도 함께 가져왔어."

왕자는 키스를 하려고 몸을 굽혔습니다. 그런데 그의 입술이 미녀에게 닿으려던 바로 그 순간 동굴 바닥을 청소하는 작은 거렁뱅이 소년이 나타났어요.

"아저씨, 실례합니다만……. 지금 뭐 하시는 거예요?" 모자를 바로 쓰며 소년이 왕자의 행동을 멈추게 했습니다.

왕자는 깜짝 놀라 뒤로 물러서며 답했어요.

"아, 나는 저주를 풀기 위해 나타난 왕자야. 근데 넌 여기서 뭘 하고 있는 거니? 난 성 안에 있는 사람이 모두 잠들었다고 알고 있었는데."

"맞아요. 나만 빼고요. 난 여기서 그들의 시체, 아니 죽은 건 아니니까 시체는 아닌데, 뭐 어쨌든 그들의 몸뚱이에 쌓인 먼지를 털어내는 일을 해요. 먼지가 너무 많이 쌓여서 도저히 답이 안 나오니까 몇 년 전에 한 요정이 날 채용했죠."

"아, 그랬구나. 고생이 참 많네. 그래서 다들 깨끗하고 깔끔했구나."

"고맙습니다."

"내 얘기 한 번 들어 볼래? 꽤 흥미로울 거야. 말해줄게. 공주에게 씌워진 저주를 푸는 방법이 딱 하나 있어. 그래서 내가 여기까지 오게 된 거야. 사실 오직 나만이 그 저주를 풀수 있지. 내 키스로 말이야. 아! 내가 우리 대학교 폴로 팀 주장이라고 말했던가?"

왕자는 그가 이 왕국을 구해낼 유일한 구원자라는 사실에 소년이 깊은 인상을 받지 않을까 생각했는데, 전혀 아니었어요. 소년은 잔뜩 움츠러들었습니다.

"하지만 그녀는 지금 자고 있는데요. 지금 잠자는 사람한테 키스를 하겠다는 거예요?"

"응. 근데 그렇게 얘기하는 걸 들으니……. 조금 이상한 것 같기도 하네."

"소름 끼쳐요. 진짜 소름 끼쳐요."

소년이 다시 한 번 막아섰습니다.

"봐. 그녀는 손가락을 찔렸잖아. 그게 전부야. 만약 내가 키스하지 않는다면 그녀는 영원히 잠에서 깰 수 없다고."

"음……. 이거 좀 정리가 필요할 것 같아요."

소년은 왕자와 잠든 공주 사이에 자리를 잡고 걸레를 내려놓으면서 말했습니다.

"이봐요. 당신 지금 여자를 저주에서 구해주기 위해서 성추행을 하겠다는 거예요? 전 이 일 구할 때 면접 보면서 그런 얘기는 들은 적이 없어요. 그래서 확인하는 거예요."

"내가 저주를 풀어 주기 위해서 선의로 그런 행동을 하는 게 어떻게 성추행이 될 수 있지? 그건 좀 아닌 것 같은데. 이 여자도 지금 말을 못 하니까 그렇지, 이런 상황이라면 나한테 키스해달라고 말할 게 분명해. 난 확신할 수 있어."

"하지만 그건 당신 생각일 뿐이지, 누구도 몰라요. 이렇게 잠들어 있는 여자가 뭐라고 대답하겠어요?"

왕자는 이 저주를 풀기 위해 머나먼 길을 헤쳐왔기에 잠든 공주를 그냥 내버려두고 싶지 않았어요. 그렇지만 트위드 조끼를 입고 걸레 자루를 지닌 작은 녀석이 그에게 완강한 태도를 보이고 있었기 때문에 별다른 방법이 없었습니다. 그냥 물러서기에는 여자가 너무너무 눈부셨기 때문에 가만히 둘 수 없었고, 아직 뽐내려던 식스팩도 열어 젖히지 않은 상태였어요.

왕자는 자신의 망토를 땅에 던지며 징징거렸습니다.

"아! 진짜 너무너무 힘들다. 이렇게까지 힘들 일 아니었는데! 난 왕자니까."

"이봐요. 이 상황에서 동의를 구할 방법은 어디에도 없으니까 그냥 왔던 길 그대로 돌아가는 게 최선일 것 같아요."

"이 친구야, 대체 왜 그렇게까지 내 입술을 막으려고 하는 거야?"

"난 키스 훼방꾼 따위가 아니에요. 그냥 멀쩡하고 괜찮은 남자일 뿐이지."

"야, 그렇지만 나는 이 여자의 진정한 사랑이라고!"

"무슨? 이 여자는 당신 만나 본 적도 없고만. 어떻게 사랑에 빠졌다는 거예요?"

이것은 왕자가 전혀 생각해보지 못했던 상황이었습니다. 그는 모든 사람이 자신을 좋아한다고 생각했거든요. 그러니 별볼일 없는 실력인데도 지난주 폴로 대회에서 승리를 결정 짓는 포인트를 성공시킬 수도 있었던 것이고요.

"내 생각에는 만약 그녀가 내 키스를 원치 않는다면, 굳이 옷을 저렇게 차려 입고 있지는 않았을 것 같아."

공주의 벨벳 가운을 가리키며 왕자가 말했습니다.

"말 같지도 않은 소리 마세요! 저 옷은 그냥 저 여자가 저주에 걸려 잠들기 직전에 입고 있었던 것뿐이에요. 뭔가 좀 제대로 놀고 싶을 때 저렇게 입는다고요. 그래야 파티 때 자신감도 생기고, 빵빵한 기분이 드니까요."

"새로운 계획이 필요하겠네. 지금은 좀 불가능한 상황처럼 보이고, 실패로 끝날 것도 대비해왔으니." 왕자는 불평하듯 말했습니다.

"부랑아 소년의 인생 속으로 들어온 걸 환영합니다." 소년은 먼 곳을 응시하며 답했습니다.

그러나 왕자는 듣지 못했습니다. 그는 머리를 굴리느라 바빴고, 멀티태스킹이 안 되는 사람이었으니까요.

"그래. 좋은 생각이 떠올랐다! 네가 정 그렇게 키스는 안 된다고 나온다면, 가벼운 입맞춤 정도로 시도해봐야지. 그냥 뽀뽀 정도면 괜찮지 않을까?"

왕자는 그녀의 몸에 기대면서 속눈썹을 움직이며 수작을 부리기 시작했어요. 가볍게 공주의 뺨에 얼굴을 스치기도 했지요. 하지만 아무 일도 일어나지 않았습니다.

"이런 씨부럴! 이게 안 통한다는 게 이해가 안 되네."

"적당히 떨어져 있는 게 좋을 거예요. 별로 좋은 생각도 아니었고요." 걸레로 왕자를 밀어내며 소년이 말했습니다.

하지만 왕자는 소년이 하는 말 따위에 전혀 관심이 없었습니다.

"아! 에스키모 키스 정도가 좀 더 나을까?" 그러고는 다시 몸을 기대어 그의 코를 그녀의 코에 문지르기 시작했어요. 이번에도 달라지는 건 없었습니다.

"무슨 종기, 부스럼도 아니고 무슨 짓이에요. 당장 그녀에게 손대는 걸 멈춰요!"

"이번엔 뭔가 좀 될 것 같은 생각이 떠올랐어. 내 손으로 그녀의 입술을 살짝 건드려볼게." 왕자가 머리를 빗으며 말했습니다.

"안 돼요! 당신이 무슨 짓거리를 하더라도 일단은 그녀의 동의가 필요해요. 몇 번이나 반복해서 말해줘야 하냐고요. 그녀는 당신에게 아무런 동의도 한 적이 없잖아요."

소년이 왕자를 막기 전에 그는 이미 제 손을 마치 꼭두각시 인형처럼 구부려 미녀의 입술에 뻗었습니다.

"나는 입이란다. 어떤 말이라도 할 수 있지!" 인형극을 하듯 과장된 높은 목소리로 왕자가 얘기했습니다. "내가 이끄는 폴로 팀이 올해 왕국 대회에 출전한다는 얘기했던가?"

소년은 왕자가 인형 흉내를 내며 손짓으로 요상한 짓을 하자 고개를 떨궜어요.

"개실망, 개짜증……."

아무 일도 일어나지 않자 왕자가 투덜거렸습니다.

"아, 진짜. 그만 좀 쪼물딱거려요! 아무런 반응도 없고 전혀 통하지도 않잖아요!"

"그럴 수도 있기는 한데, 또 딱히 그녀가 싫다고, 안 된다고 거절한 것도 아니니까."

"와아! 진짜. 안 된다고 말하지 않았다는 게 된다는 건 아니에요. 정말 괜찮다고, 좋다고 확실히 동의하는 얘기를 들었어요? 아니잖아요. 그녀는 그녀가 '진짜 끌릴 때'만, 하고 싶을 때만 '예스'라고 말할 권리가 있어요. 만약 그녀가 당신을 원했다면 당신 옷소매라도 움켜쥐었을 거라고요."

소년은 강하게 꾸짖었습니다.

하지만 왕자는 이대로 집에 가고 싶지 않았습니다. 그러기엔 너무 멀리까지 온 거죠. 그는 이미 폴로 팀 동료들에게 예쁜 공주를 데리고 집으로 돌아갈 거라고 떠벌려놓았기에 빈손으로 갈 수 없었습니다.

어쩌면 저주를 깨는 것이, 땅에 떨어뜨린 음식을 10초 안에만 집어먹으면 괜찮다는 불문율과 같을지 몰라요. 만약 진짜 빨리 주워 담는다면 아무런 문제가 없었던 것처럼 될 수도 있겠지요. 그는 공주에게 빛의 속도로 키스를 했습니다. 하지만 그것 역시 통하지 않았어요.

공주는 여전히 아무 의식도 없었습니다. 정말 아무 일도 일어나지 않은 것 같았어요.

"난 그냥 저주를 깨기 위해서 이러는 것뿐이야. 혀는 안 쓸 거라고."

소년의 방해 공작이 시작되기 전에 공주에게 입을 맞추겠다는 각오로 다가서며 왕자는 소리쳤습니다.

그의 입술이 그녀의 입술에 닿자마자 새들이 노래하기 시작했고, 꽃이 피기 시작했으며, 왕국의 모든 사람들은 화장실로 달려가기 시작했습니다.

왜냐고요? 잠들어 있던 100년 동안 싸지르지 못한 오줌을 내뿜어야 했거든요. 공주가 눈을 뜨고 숨을 헐떡이자 빛이 공주를 에워쌌습니다. 저주에서 풀려난 것이었어요. 왕자는 자신의 정당성이 명백하게 밝혀졌다고 생각했습니다.

"나 깨어났어!" 브라이어 로즈는 일어나 앉으며 감탄했습니다.

"누구든 말해주렴. 이 저주가 어떻게 풀렸는지."

그녀가 그런 질문을 할 거라고 생각하지 못했던 왕자는 심드렁하게 대답했습니다.

"아, 그거 별로 중요하지 않아요."

"아뇨! 난 알아야겠어요." 공주가 재촉했습니다.

"제가 얘기해드릴게요." 소년이 입을 열자 왕자가 그를 제지하려 한 걸음 다가왔어요.

"이 남자가 넘치는 욕정을 억누르면서 당신 옆에 서 있었어요. 그리고 당신이 기절해 있는 동안 가까이 다가가 입을 맞추고 몸을 더듬었습니다."

"뭐라고? 내가 잠들어 있는 동안에?"

공주는 숨을 거칠게 쉬며 되물었어요.

그녀는 왕자를 쳐다봤지만, 왕자는 그 물음에 대해 제대로 된 답을 내놓지 못했습니다.

"뭔가 통했으니 저주가 풀렸던 거겠지. 내가 당신의 진정한 사랑이라는 증거 아닐까?" 왕자는 그녀가 평정심을 되찾기를 바라며 제법 온순하게 말했어요.

"저주에 빠져 한평생 잠들어 있었는데 진짜 사랑이 뭔지 어떻게 알아? 대부분의 왕실 사람들은 태어날 때부터 짝이 정해져 있어. 그리고 만약 다람쥐가 나한테 입을 맞췄어도 아마 저주는 풀렸을 거야. 물론 다람쥐도 잠에 빠져 의사 표현을 할 수 없는 사람에게 키스해서는 안 된다는 것쯤 알고 있을 테니 그런 일은 없었겠지만."

며칠 전 그녀에 씌워진 저주를 풀겠다며 부모님의 성을 떠났을 때 왕자가 상상했던 그림과는 전혀 다른, 매우 거리가 먼 상황이 펼쳐지고 있었습니다.

"그거 알아? 당신이 깨어나서 정말 기쁘지만 말이야. 나 오늘 아빠랑 검을 좀 닦으러 가기로 했거든. 시간이 늦었네. 그럼 이만 가볼게."

왕자는 그 말만 남기고 자리에서 달아났어요.

딸과 함께 잠에서 깨어난 왕과 왕비는 선언문을 발표하는 것으로 첫 공식 활동을 재개했습니다. 바로 왕자에게 자신의 성으로 들어가서 얌전히 성희롱 예방 교육을 받으라는 명령이었죠.

하지만 왕자는 성희롱 예방 교육에 참석하지 못했습니다. 특권층 사람이어서 그 정도의 사소한 일은 쉽게 해결할 방법을 찾았기 때문은 아니고요. 교육을 받으러 가던 길에 용에게 밟혀버렸어요. 진짜 불을 내뿜는 거대한 용이요.

그 말이 바로
차별과 혐오야,
「백설공주와 일곱 난쟁이」

SNOW WHITE &
THE SEVEN MICROGGRESSIONS

먼 옛날, 허영심 많고 사악하며 언어폭력을 일삼는 여왕이 살았습니다. 그녀는 백설이라는 10대 소녀의 계모이기도 했죠.

계모들이 동화에서 나쁘게 그려지는 경향이 있긴 하지만, 이 여자는 선을 넘을 정도의 악인이었습니다. 여왕은 언젠가 의붓딸 백설이 자신보다 아름답게 성장할 거라고 걱정해 백설을 괴롭히고 또 괴롭혔습니다. 사악한 여왕의 정신을 분석해보면, 아마도 그녀가 느끼는 불안에는 분명 어떤 고질적인 원인과 배경이 있었을 거라고 봅니다.

매일 아침 사악한 여왕은 마법의 거울을 들여다보며 이렇게 물었습니다.

"거울아, 거울아. 세상 사람들 중에 누구의 아름다움이 가장 훌륭하니?"

거울은 이렇게 답했습니다.

"글쎄요. 아름다움이라는 건 매우 주관적이고도 사회적인 것이지요. 누가 가장 '훌륭하다'고 표현하는 것은 다소 문제의 소지가 있을 수 있습니다. 우리가 사는 세상에서 훌륭하다는 건 기본적으로 하얗고, 아름다운 것을 전제로 두니까요. 저는 외모에 대해 이러쿵저러쿵 평가하는 게 너무너무 싫어요. 하지만 그런 것을 떠나 당신이 나의 주인이고 여왕이기 때문에 세상에서 가장 훌륭한 사람은 당신이라고 말할 수밖에 없겠네요."

여왕이 거울과 이야기하느라 바쁜 동안 백설이는 집구석을 거의 찾지 않았던 남자 룸메이트 일곱 명과 작고 귀여운 오두막집으로 이사한 후 새 삶을 시작하고 있었습니다.

함께 살기 시작한 초기에는 녀석들이 식사 후 그릇 따위를 당연히 백설이가 설거지할 거라는 듯 싱크대에 올려놓기만 하는 게. 백설이에게는 굉장히 짜증스러운 일이었어요. 그러나 백설이는 화를 내는 대신에 집안일 분담에 대한 표를 만들었고, 이 골칫거리를 재빨리 정리할 수 있었습니다.

어느 날, 평소처럼 여왕이 거울에게 물었습니다. "거울아, 거울아. 이 세상 사람들 중에서 누가 제일 훌륭하니?"

물론 거울은 대답하기 전부터 이미 여왕에게 찬사를 늘어놓기로 마음먹은 상태였죠.

"질문을 할 때 성별을 나누지 않고 '이 세상 사람들'이라고 말씀하신 부분이 아주 훌륭하십니다. 그게 포용적인 언어 사용이라는 것을 꼭 말씀드리고 싶었어요. 특히 당신처럼 사악한 여왕이 이런 표현을 썼다는 게 너무나 인상적인데요?"

"고맙구나. 백설이는 사람들을 남녀 구분 같이 이분법으로 나누지 말고, '그 남자들', '그 여자들'이라고 부르기보다 '그들'이라고 묶어서 말하는 게 훨씬 더 나은 표현이라고 설명해줬거든. 그래서 나는 우리 왕국 사람들 중에 누가 제일 예쁜지 물을 때 백설이도 포함해서 말해달라고 그렇게 부르는 거야. 왜냐하면 내가 그 남자들, 그 여자들, 그놈들, 그년들, 어쩌구 저쩌구 다 죽일 테니까. 나보다 더 섹시한 사람은 정말이지 누구라도 다."

"그래도 백설공주의 의견을 어느 정도 존중하는 일을 하고 계신 거네요?"

"닥치고 묻는 말에만 대답해!" 사악한 여왕이 쏘아붙였어요.

"뭐 항상 이 질문에 답변해드릴 때마다 얘기하는 거지만, 아름다움은 주관적인 거라서요."

"어쩌고, 저쩌고. 그냥 묻는 말에만 대답하라고!"

"음…… 산업화 이후 백인들의 미적 기준에 따른다면, 이제는 여왕님도 좀 거리가 있습니다. 백설공주가 가장 아름다운 존재일 것 같네요."

"젠장! 그년을 당장 죽여버리겠어." 여왕이 쓰고 있던 왕관을 방구석으로 집어던지면서 소리쳤습니다.

"잠시만요! 백설공주 한 명만요? 포함해서 다른 사람들도 더 죽이겠다는 말씀이죠? 원래도 잘 하시던 거잖아요."

"말꼬리 잡지 마, 지금 짜증나 미칠 것 같으니까. 그년이 내 주위에 있을 때마다 이 사실을 상기해야 한다는 게 진짜 기분 더러워. 그들이든, 그년이든, 뭐 어쨌든."

"아니죠. '어쨌든' 하면서 가볍게 넘어갈 일이 아니에요. 백설공주한테는 너무나 중요한 상황이니까요. 성별을 구분지어 말하는 습관 때문에 대해 당신과 그토록 오랫동안 대화를 나눴는데요. 어쨌든 문법적으로도 정확하지 않아요. 더이상은 그런 표현은 쓰지 않아요. 언어는 진화하고 변화하니까요."

"좋아. 나는 그들이 나보다 더 훌륭하다고 하니 다 죽여버리고 싶어. 이건 좀 낫니?"

"대명사 활용면에서는 그런데요. 내용면에서는 아직 아니에요. 이제 걸음마 수준 같아요."

"그래 좋아. 이제 살인에 대해서나 좀 얘기해보자."

"저희요, 한 번에 한 가지 문제에만 집중하면 안 될까요?" 거울이 물었습니다.

"살인이 왜 나쁜지는 나중에 좀 살펴보고요. 우선 우리가 얘기하고 있었던 언어적인 존중에 대해서 좀 더 얘기할 필요가 있겠어요. 여왕님은 매일 미세하게 누군가를 공격하고 차별하는 편인데요. 그거 많은 사람들에게 문제가 될 수 있어요."

"뭐? 미세, 뭐? 뭐라는 거야." 여왕이 물었습니다.

"미세 공격이요. 소외된 사람들, 소수자들, 저 같은 거울에게 미묘하게 모욕적인 말들을 하시잖아요. 일반적으로는 착한 사람들도 일상적인 대화 속에서 자잘하게 차별적인 표현을 쓰지만, 당신처럼 사악한 여왕을 통해서는 얼마나 나쁘게 전해질지 한 번 상상해보세요."

"아냐! 난 그렇게 하지 않아. 내 측근들한테 물어봐. 마크! 이쪽으로 와서 거울한테 내가 얼마나 괜찮은 사람인지 얘기 좀 해줘."

몇 년 전 검투 대결에서 다리 하나를 잃은 마녀의 부하가 급하게 휠체어를 끌고 나타났습니다.

"오, 마크! 휠체어 속력을 좀 줄이지 않으면 과속으로 벌금 딱지를 받게 될 거야. 지금 너무 빨라." 여왕은 웃으며 농담하듯 말했습니다.

"바로 그거예요. 그게 미세한 차별이고 공격이에요. 장애를 소재로 농담하는 거요."

"말도 안 돼. 이거 그냥 우리가 같이 농담하는 거야. 저 친구도 좋아하는데, 뭘."

"여왕 폐하. 송구합니다만, 사실 저는 그런 농담이 즐겁지 않아요. 제가 가진 장애 하나로 제 모든 것이 규정되는 느낌을 받곤 해요. 딱히 뭐라고 말씀드리기가 두렵고 어려웠을

뿐이에요. 여왕님이 저한테 뭔가를 던질 것만 같아서요."

"아니 넌 그냥 게으름을 피우는 것뿐이야. 진짜로 원한다면 나무 의족을 써서라도 제대로 걸을 수 있는 거 아니야? 바퀴에 의존하지 말고. 그리고 너는 패션 스타일도 후져."

방 안에는 제법 긴 침묵이 흘렀습니다. 거울은 여왕을 향해 눈을 깜빡였어요.

"그래, 좋아. 내가 심술궂었어. 그런데 일부러 그랬던 거야. 마크, 넌 해고야."

마크는 방을 나갔고, 사악한 여왕은 그를 부르며 말했습니다.

"가는 길에 밥도 한번 데려와. 내가 하는 게 미세 공격인지 아닌지 그 녀석 생각도 들어나 보자. 그리고 이제는 날 두려워할 이유가 없을 거야."

마크는 여왕이 시키는 대로 왕궁을 떠나며 밥을 불러들였습니다.

"안녕? 밥. 두 가지 할 일이 있는데, 먼저 마크 모가지를 따! 그리고 이 거울 놈이 내가 사람들한테 미세 공격을 하고 있다고 하니, 내가 얼마나 좋은 사람인지 말해줬으면 해."

"네, 사악한 여왕이시여. 너무나 친절하시네요."

"이거 봐! 거울, 나 원래 괜찮은 사람이라니까. 그리고 우리 밥의 영어 실력에 대해 칭찬하는 시간 좀 가져볼까? 밥, 너 어디서 왔지?"

"저 원래 이 나라 사람입니다."

"아니, 아니. 지금 말고, 원래는 어디서 왔냐고. 출신을 묻는 거야."

"그래요. 그 정도면 충분한 것 같으니 이제 그만하세요. 여기 뭐 미세 공격이 한 무더기 쏟아져 나왔네요. 여왕, 당신에게는 너무나 사소한 일로 보이겠지만, 밥의 영어가 훌륭하다고 평가했을 때 이미 그가 우리 왕국 밖에서 온 이방인이라고 생각한다는 걸 은연 중에 나타낸 것이고, 그건 일종의 숨겨진 모욕이에요. 이것은 밥이 근무하기 어려운 불편한 환경을 조성하는 거라고요. 사악한 여왕을 위해 일하는 것보다 더 짜증나는 일이죠."

"그건 칭찬이었다고! 그리고 밥은 여기 사람처럼 보이지 않잖아." 여왕이 소리쳤습니다.

"미세 공격 경고!" 거울이 크게 외쳤어요.

"그런 게 참 제 마음을 아프게 하네요." 밥이 멋쩍게 웃으며 고개를 숙인 채 말했습니다.

"밥, 그렇지만 말이야. 네가 좀 민감한 편인 건 너도 인정할 수 있지? 외국인처럼 생긴 다른 심복들도 지금 너처럼 생각하지는 않을 것 같아서."

"제가 백인이 아니라는 이유로, 다른 모든 인종의 일꾼들을 대신해 말하고 싶지는 않습니다. 저는 그들을 대표할 수는 없어요. 반대로 당신에게도 모든 사악한 여왕을 대표해달라고 하지는 않을 거고요."

"그거야 당연히 아니지. 난 특별하니까. 난 다른 사람들이랑 다르잖아. 어쨌든 네가 하고 싶은 말은 이해하겠어."

"우리는 조금 더 나아지고 있어요. 나는 당신이 미세 공격은 의도성 없이도 남에게 상처를 줄 수 있다는 점을 배우고 있는 것 같거든요. 그것들은 어떤 제도적인 압력 같은 것에서 비롯되기도 하고 권력을 가진 사람들에 의해 자행되기도 하죠. 물론 당신도 매우 강력한 힘을 가진 그런 사람이고요. 나의 사악한 여왕 폐하."

"사실 내가 좀 그렇지. 밥! 우리 얘기는 여기서 끝내고, 먼저 마크 모가지 좀 따고 그 다음에 단두대 옆에서 나 좀 봐. 너한테 쓸 거 아니니까 너무 걱정하지 말고. 그냥 서프라이즈가 하나 있을 거야. 어쨌든 나 보고 가면 돼."

밥은 매우 긴장한 채로 출구를 빠져나갔습니다.

"좋아. 그럼 이제는 내 심복을 둘 다 죽여야겠네. 거울아! 내가 백설공주와 멍청한 일곱 난쟁이를 죽일 사람이니? 아니, 근데 잠깐만. '난쟁이'는 이제 쓰기 좀 그런 말이 되어 버린 건가?"

"이제는 그렇다고 봐야죠. 이런 경우 가장 좋은 방법은 상대방에게 어떤 호칭으로 불리는 게 편한지 한 번 물어보는 거예요. 왜소증을 가진 사람들 중 '난쟁이'로 불리는 게 크게 불편하지 않은 사람도 있겠지만, 그저 '작은 사람'으로 불리는 걸 원하는 사람도 있으니까요. 어쨌든 그들도 똑같은 사람이에요. 누구도 신체 특징으로 규정되고 싶지는 않죠. 그냥 평범하게 이름을 부르는 게 무난할 것 같고요. 혹시라도 그들의 작은 키를 언급해야 하는 일이 있다면 '왜소증이 있는 사람' 정도가 괜찮겠어요."

"그러니까 내가 벽에다 대고 '거울아, 거울아. 내가 꼭 백설공주와 왜소증을 앓고 있는 일곱 명의 남성을 죽여야 할까?'라고 말해야 한다는 거네?"

"바로 그거예요! 적어도 언어적인 측면에서 아주 잘 배워 가고 있어요. 그들은 그저 같은 집에 함께 사는 성인 남성 일곱 명일 뿐이에요. 솔직히 말해 좀 이상한 구성이기는 하지만요."

"이 모든 게 뭘 생각나게 하는지 알아? 내가 사악한 군주 박람회에 참석했는데, 같은 테이블에서 나 혼자만 여왕이었단 말이야. 사악한 왕 새끼들은 내 말 같은 건 듣지도 않았어. 나는 외눈박이 괴물을 어떻게 훔칠지에 관해 좋은 아이디어를 냈는데, 왕들 중 한 놈이 마치 자기가 생각해냈다는 듯이 행동하는 거야. 진짜 짜증났어. 씨발!"

"네, 맞아요. 미세 공격은 선악을 떠나 여성에게 벌어지는 경우가 많지요." 거울이 큰 소리로 말했습니다.

"그래서 난 사악한 왕들이 외눈박이 괴물한테 모두 죽게 만들었어."

"당연히 그러셨겠죠. 폐하, 그런데요. 언젠가 훗날에는, 어떤 사람이 당신 때문에 기분이 상했다고 얘기했을 때 조금만

덜 방어적이 되도록 노력해보는 게 좋겠어요. 자신의 비겁한 편견을 끊임없이 경계하면서, 당신 때문에 살인을 일삼는 심복들에게도 감정이 있다는 것을 기억해주세요."

"이번 일로 생각할 게 좀 많아진 것 같네. 하지만 여전히 이 나라에서 백설공주가 제일 핫한 여자고, 여전히 죽여야 할 사람이 많이 많이 있다는 것을 잊어서는 안 되겠지. 왜소증을 앓고 있는 남자 일곱 명이랑 내 심복 마크와 밥뿐만 아니라 말이야. 물론 어떤 피부색이나 장애 같은 걸로 살 사람, 죽일 사람 정하는 건 아니지만."

여왕은 자랑스럽다는 듯 미소를 보였고, 거울은 그녀의 모습을 환히 비추며 말했습니다.

"오늘 우리가 할 일은 충분히 다 잘했네요. 내일은 사람들을 좀 죽여야겠어요."

하이힐 대신
플랫 슈즈를 선택할게,
「신데렐라」

CINDERLLA &

THE GLASS CEILING

옛날 옛적에 힘세고 튼튼한 젊은 여자가 있었습니다. 그의 이름은 신데렐라였어요.

신데렐라는 사사건건 그를 괴롭히고 짜증나게 만들면서 가끔 폭력까지 행사하는 계모, 그리고 뻔뻔하고 멍청한 이복언니 둘과 한집에서 지냈습니다.

그들은 사기에 가까울 정도로 자기 얼굴을 예쁘게 그린 셀카 초상화를 보며 시간을 보내곤 했는데요. 두 자매는 아몬드 우유가 아몬드를 먹여 키운 소의 젖이라고 생각할 정도로 상태가 좋지 않았습니다.

신데렐라의 엄마는 몇 해 전 비극적인 죽음을 맞았어요. 사실 신데렐라가 그보다 더 비극적이라고 느낀 이야기는 그녀의 아빠에게 있답니다. 신데렐라의 아빠는 아내가 세상을 떠난 뒤 지금의 계모와 데이트 몇 번 해보고 기다렸다는 듯 냅다 재혼을 해버렸거든요. 상대가 누군지 제대로 알아보기도 전에요. 그런데 그런 신데렐라의 아빠도 얼마 지나지 않아 꼴까닥 해버렸으니 신데렐라만 불쌍하게 된 거죠.

계모는 고난과 역경을 잘 견디며 피붙이 하나 없는 상황에서도 큰 어려움 없이 자립해나가는 신데렐라의 모습이 꼴 보기 싫었습니다.

그녀는 신데렐라 아빠가 남긴 돈을 모두 착복했고, 신데렐라에게는 최저 임금만을 지급하며 노예 부리듯 집안일을 시켜댔습니다. 신데렐라는 가장이 되어 집안을 일으켜 세우고 싶었습니다만, 그게 안 된다면 남의 집에 얹혀살더라도 고액 연봉을 받는 집사가 되고 싶었어요.

그러나 겨우 그 정도의 꿈도 이 나라에서는 남자들에게만 허락된 역할이었습니다.

대도시의 월세는 엄청나게 높았기 때문에 신데렐라가 부담할 수 있는 규모는 벽난로가 설치된 작은 방 정도였습니다. 방이라기보다는 보일러실에 가까웠죠. 그 방에는 쥐들이 대거 출몰하는 문제가 있었고, 안락하고 쾌적한 아파트라고 하는 곳들은 허위 매물인 경우가 많았습니다.

그 집의 유일한 장점은 직장과 거의 붙어 있다시피 해서 통근 시간이 짧다는 것뿐이었어요.

어느 날, 왕자가 주최하는 댄스 파티 초대장이 집으로 날아왔습니다. 왕자는 결혼할 사람을 찾고 있었는데, 한 번도 만나보지 않은 사람들 중에서 신붓감을 찾는 최고의 방법은 성대한 파티를 여는 것이라고 생각했어요. 에휴, 한심한 인간! 왕자는 나라의 모든 처녀를 부른 뒤 한 사람을 선택하는 행사를 열 생각이었습니다. 그리고 그 이벤트를 '장미 세리머니'라고 이름 붙였지요.

신데렐라는 잠시나마 황홀했습니다.

"왕자와 결혼하는 것만이 나를 가난에서 벗어나게 해줄 유일한 길일까? 내가 정말 왕족이 될 수 있을까? 글쎄…….
안 될 건 또 뭐야?" 그녀는 한집에 사는 룸메이트이자 친구인 생쥐들이 다 들을 수 있을 정도로 크게 혼잣말을 늘어놨어요.

커튼을 떼어다 무도회에 입고 갈 드레스를 만들고 있던 신데렐라에게 이복 언니 한 명이 말했어요.

"불결해. 넌 우리랑 같이 파티에 갈 수 없어. 사람들이 우리가 같이 산다고 생각할 거 아냐?"

"응? 우리 함께 살고 있잖아."

초대장에는 모든 처녀들의 이름이 분명히 적혀 있었기에 신데렐라도 당연히 파티에 가서 예쁜 드레스를 입고 왕자의 마음을 사로잡고 싶었습니다.

크뤼디테라는 생과일과 채소로 만든 요리가 생채소와 대체 어떻게 다른지도 직접 확인하고 싶었습니다.

그러나 신데렐라가 연회장으로 출발하기 전, 계모는 그녀의 모든 계획을 물거품으로 만들어 버렸어요. 계모는 동화에서 요구되는 계모의 역할이라는 게 무엇인지 너무나 잘 알고 있었기 때문에 의붓딸을 시기, 질투하며 절대악을 자처했습니다.

신데렐라의 커튼 드레스를 갈기갈기 찢어 놓고서는 두 딸과 함께 마차를 타고 떠나며 이렇게 소리쳤어요.

"나한테는 널 싫어하고 미워해야만 하는 그럴 듯한 이유가 없는 게 사실이야! 하지만 난 그냥 널 좋아할 수 없게 되어 있어! 그리고 넌 파티에 갈 수 없고. 이 동화가 원래 그렇게 되어 있는 거야. 다른 이유는 없어."

신데렐라는 쏟아지는 눈물을 어찌할 수 없었습니다. 원래부터 없었던 드레스를 잃은 건 그러려니 해도, 이제는 커튼까지 사라져버렸기 때문이죠.

그때 갑자기 인자한 얼굴을 한 어느 작은 할머니가 은빛연기 구름 속에서 나타났습니다.

"미비디모비디 무! 나야 나. 너를 도와줄 요정 할매. 신데렐라야, 눈물을 닦으렴. 너도 파티에 갈 수 있단다."

할머니 요정은 지팡이를 휘둘러 호박을 마차로 만들었고, 생쥐 친구들을 마부로 만들어 줬습니다. 게다가 누더기 헝겊을 놀라울 정도의 아름다운 드레스로 만들었습니다. 신데렐라에게 몇 가지 파티 필수품도 건넸어요. 보풀로 만든 입 냄새 제거 캔디, 새 모이로 만든 화장품, 핑크색 립스틱으로 만든 빨간 립스틱 등이었습니다.

"얼른 가보렴!" 요정 할매는 신데렐라 손에 유리 구두 한 켤레를 건네며 말했습니다.

그리고는 파란 거품이 되어 사라졌죠. 신데렐라는 미끄러지듯 구두를 신으며 혼잣말을 내뱉었습니다.

"이것만이 더 이상 새엄마의 변기를 닦지 않을 수 있는 유일한 희망이야. 왕자가 나한테 푹 빠지게 만들어버려야지!"

파티 분위기는 실로 놀라웠어요. 샴페인이 쏟아져 나오는 분수, 오케스트라, 여분의 머리 끈이 한 가득 있는 욕조 등 없는 게 없었지요.

"저와 춤추시겠어요?"

신데렐라의 등 뒤에서 깊고 그윽한 남자 목소리가 들려왔습니다.

왕자였어요. 사실 그는 광고에서 보여진 것처럼 키가 크지는 않았지만, 얼굴은 꽤나 잘생겼습니다. 바로 지금이 신데렐라가 오랫동안 기다려온 그 순간인 듯했어요.

"오, 신데렐라! 당신은 내가 찾던 모든 걸 가진 여자야." 댄스 플로어를 돌며 왕자가 얘기했습니다.

"오늘은 정말 완벽한 날이네요." 신데렐라는 대답했어요.

왕자는 빠르게 움직였고, 신데렐라는 자신에게 주어진 행운이 믿기지 않았습니다.

그녀는 제대로 된 경제적 안정성을 얻은 것이나 다름없었어요. 사람들이 PPL 콘텐츠를 올려달라며 기꺼이 돈을 낼 정도로 유명해져서 일종의 셀럽이 된 것이죠.

그런데 신데렐라가 한 걸음 더 내디뎠을 때 무엇이 깨지는 듯한 큰 소리가 들렸습니다.

유리 구두가 깨져버렸습니다. 왼발에 총상을 입은 듯한 고통이 그녀에게 찾아왔어요.

"악!" 거대한 유리 조각이 발바닥을 깊이 파고드는 게 느껴졌어요. 신발은 산산조각이 났습니다. 왕자는 무슨 일이냐고 물었고, 신데렐라는 아무 일도 아니라고 말할 수밖에 없었죠. 분위기를 깨고 싶지 않았으니까요.

쩅그랑. 신데렐라가 발걸음을 옮길 때마다 유리 슬리퍼는 계속계속 더 깨져버렸습니다.

쩅그랑, 쩅그랑.

"나도 확실히 들었어요."

"음……. 제 유리 구두가 깨진 것 같은데요. 큰일은 아니고, 전 괜찮으니 계속 춤이나 춰요!"

피가 신발을 적시고 넘쳐 흐르는데도 신데렐라는 미소를 잃지 않으려 했어요.

"잠깐만요. 슬리퍼를 신고 있었네요. 유리로 만들어진 슬리퍼?"

"아니에요. 엄밀히 따지면 유리 구두예요. 유리로 만든 하이힐이요."

신데렐라는 다른 여성들의 신발을 훑어보며 말했습니다. 새틴 슈즈, 스팽글 슈즈. 그리고 슬리퍼를 신고 있는 물집 잡힌 발도 좀 보였어요.

"잠깐만요. 보통 왕실 여성들은 유리 신발 같은 것 신지 않죠?"

왕자는 상황을 재빨리 파악하면서 어떻게 처리하는 것이 좋을지 깨달았습니다.

"오! 당신은 우리가 초대한 가난한 사람들 중 한 사람이겠군요."

신데렐라는 왕자가 파티장의 다른 여성들을 스캔하면서 자신에 대한 관심이 줄어드는 것을 느꼈습니다.

"기다려요. 저 지금 상태 괜찮아요. 아직 춤출 수 있다니까요. 한번 봐요." 신데렐라는 왕자를 위해 빙빙 몸을 돌리면서 춤을 췄어요. 하지만 심각하게 절뚝거렸죠.

"구두를 신으면 발뒤꿈치가 아프다는 이야기를 들었는데

요. 이게 사람들이 말하는 것인가봐요."

쨍그랑.

"오우, 와아! 나아아아는 춤이 진짜 너무 좋아." 깨진 유리 파편들을 가리려고 애쓰며 신데렐라는 소리쳤어요. 하지만 왕자의 표정을 살피니 전혀 효과가 없는 것 같았습니다.

"잠시 쉬어가죠."

왕자는 뒤로 천천히 물러나며 말했습니다.

"아뇨! 안 돼요. 제발, 저는 진짜 좋은 시간 보내고 있어요. 미니 키슈 파이도 정말 엄청나게 맛있어서 한번에 다 먹었다니까요."

"그거 정말 역겹네요. 키슈를 네 번에 걸쳐 먹는 매너는 다들 알고 있는 건데. 보통 미니 키슈 하나를 온전히 즐기려면 90분은 걸리죠." 왕자는 비웃으며 말했습니다.

'그래서 이 파티에서는 누구도 음식을 먹으면서 대화하는 사람이 없었던 거구나.' 신데렐라는 생각했습니다.

신데렐라는 이 파티에 어울려 놀 수 없게끔 그따위 에티켓을 만든 거만한 작자들이 누구일지 궁금해졌어요. 그리고 다시 춤추러 돌아가려 했지만, 발이 쉽게 떨어지지 않았습니다. 그는 마차 대리점 밖에서 요란 법석 춤추는 고무 인형처럼 부풀어 오른 듯했어요.

"깨진 유리 조각들이 오늘 만남을 망치지 않았으면 좋겠어요. 이건 정말 중요한 일이에요. 당신이 나와 사랑에 빠지지 않는다면, 저는 평생 마룻바닥이나 청소하며 인생을 살게 될 거예요."

"그럴 수도 있겠네요. 하지만 그게 내 알 바는 아니잖아요."

왕자는 절대 쉬운 상대가 아니었습니다. 하지만 신데렐라에게는 거지같은 삶에서 벗어날 수 있는 가장 확실한 탈출구였죠. 신데렐라의 마음이 널뛰기 시작했습니다.

왕자와 잘해보려면 뭐든 해야만 할까요? 아니면 왕자가 마시던 샴페인에 침을 뱉고 꺼지라고 해야 할까요?

돈 많은 사람들은 음식을 먹는 데 시간이 오래 걸리기 때문에 허기가 광기로 변할 수도 있다고 스스로를 설득하며 신데렐라는 전자를 택했습니다.

"사실 이 유리 구두는 제가 산 게 아니에요. 누군가로부터 선물받은 것인데, 신지 않겠다고 거절하는 게 무례한 것처럼 보일까 봐 신고 온 것뿐이에요."

"나는 선물이라도 구려 보이면 그냥 버립니다."

"하지만 사실 그것밖에 신을 게 없었어요. 저는 신발이 따로 없거든요."

"보트 슈즈 같은 것도요? 아니면 여자들이 환장하는 빨간 하이힐도요?"

"저는 벽난로 옆에서 자요. 그런 제가 여자들이 좋아하는 신발이 뭔지 어떻게 알겠어요?"

"우와, 우와, 우와! 벽난로 옆에서 잔다고요?"

"네, 맞아요. 그래서 제 이름이 신데르엘라*인 거예요."

"오! 나는 브루클린 같은 트렌디한 이름일 거라고 생각했는데요."

신데렐라는 눈물을 흘리기 시작했어요.

이름에 대해 얘기하는 것이 기념품 가게 열쇠고리에서 자신의 이름을 찾지 못해 슬펐던 유년시절을 떠올리게 해서 그랬던 것은 아니었습니다.

그는 자신이 왕자보다 사회·경제적 지위가 낮기 때문에

---

* Cinder는 석탄 등이 타고 남은 재를 뜻하며, Ella는 '그녀'를 뜻하는 스페인어 대명사. Cinderella의 이름 뜻이 '잿더미 속의 그녀'라고 설명하는 언어유희(하지만 별로 웃기지 않다).

어쩔 수 없이 패배자 역할을 떠안은 것처럼 연기하고 있었던 자신의 모습을 깨달았어요. 신데렐라는 사실 그 자체로 사랑받아 마땅한 사람인데 말입니다. 디자이너가 만든 드레스가 없어도, 달콤한 호박 마차가 없어도.

"누가 이 여자한테 걸레 좀 갖다줄래? 피로 흥건한 발 좀 닦을 수 있게!" 왕자가 외쳤어요.

"여기서 빠져나가야 하는데, 요정 할매는 어디 있는 거야?" 신데렐라는 울먹였습니다.

"요정 할매? 후원해주시는 대모가 있어요? 와! 당신은 내가 생각했던 것보다 더 가난하군요. 여기 있는 사람들은 모두 상속받은 재산이 있거든요."

그때 갑자기 그녀의 요정 할매가 보랏빛 연기 속에서 나타났어요.

"대체 발이 왜 그러니?" 요정 할매는 피가 철철 넘치는 신데렐라의 신발을 보고 물었어요.

"유리 구두 때문이죠."

"엥? 그 유리 구두를 신었다고. 음……. 내가 좀 더 명확히 설명을 해줬어야 했던 것 같네. 그거 신발이 아니라, 종이 누르는 유리 문진인데!"

"뭐라고요?" 신데렐라는 넋이 나간 듯 물었습니다.

"궁궐 방문하면서 왕이나 왕비에게 선물로 드리라고 준 거였지."

"그게 만약 신발이라면 내가 직접 네 발에 신겨줬겠지. 난 너한테 그냥 건네줬잖니."

"내가 무슨 당신 빵 셔틀이에요? 대체 왜 내가 그 잘난 사람들한테 신발처럼 생긴 문진을 갖다 바쳐야 하는 건데요?"

"오, 이런. 내가 실수했어!"

왕자는 깨지지 않은 신발을 하나 집어 들어 머리에 얹었습니다.

"이러면 모자가 되려나? 하하! 내 유리 모자 어때 보여?"

파티장의 모든 사람들이 왕자의 농담에 웃음으로 화답했습니다. 목사, 랍비, 미노타우르스가 함께 술집에 갔다는 왕자의 농담만큼 받아주기 어려운 장난이었지만 사람들은 큰 소리로 웃어줬습니다. 신데렐라는 왕자가 자신을 웃음거리로 만든 것 때문인지, 피를 너무 많이 흘려서인지 약간의 현기증을 느끼기 시작했습니다.

"그거 알아? 내가 유리 문진을 구두로 착각할 정도로 멍청한 게 맞을지도 몰라. 하지만 여기서 하이힐 신고 있는 어떤 여자들도 자기 발이 편하다고 생각하지는 못할 걸. 그렇지 않아?"

"그럼, 그럼. 전혀 편하지 않지!" 갈색 머리의 한 여성도 머리 위로 신발을 들고 소리쳤습니다.

왕자와 요정 할매는 파티장을 벗어나려 했고, 나머지 사람들은 왠지 모를 침묵 속으로 빠져들었어요.

"한마디 할게요! 사실 난 오늘밤 파티에서 왕실 가족이라는 로또에 당첨되고 싶어 온 거예요. 여기 있는 당신들 같은 사람이 되어 쉽게 내 사회적 위치를 한 단계 높이고 싶었죠. 이것은 분명 사람 사는 세상에서 끊임없이 반복되는 어리석은 생각일 거예요. 하지만 사실 고장난 사회 구조상 실제로는 그런 일이 거의 일어나기 힘들죠. 가난에서 벗어나기 위해서 내가 해내야만 하는 일들은 사실상 거의 불가능한 것들이에요. 왜냐하면 당신 같은 부자 양반들이 이미 당신들 유리한 대로 세상을 짜놓았으니까요. 나는 지금 파티에 참석하면 주는 기념 선물 따위를 말하는 게 아니에요. 선물이 담긴

가방을 얼핏 보긴 했지만……."

신데렐라가 얘기를 이어가는 동안 사람들은 테이블 위에 놓여진 선물 가방에 천천히 접근하기 시작했습니다.

"세상이 나를 실패하게끔 설정해놓았기 때문에 난 지금 이런 상황에 처해 있는 거예요. 내가 교육을 받고 재정적인 안정을 얻으려면, 어떤 종류의 지원금이나 장학금 아니면 마법의 콩이라도 주어지도록 간절히 기도해야만 해요. 내가 작은 도움을 받을 만큼 운이 좋다고 해도 투잡을 뛰며 일해야만 근근이 살아갈 수 있고요! 나를 돕거나 지원해줄 누구도 없는 상황에서 하루 벌어 하루 먹고 사는 그런 월급의 노예 같은 인생을 살다가, 학자금 대출에 파묻히게 될 거예요. 모든 난관은 실패를 뜻하게 되겠죠. 의료비, 실직, 마녀에 의한 저주 같은 것들이요."

궁전의 모든 사람들은 왕자를 바라보면서 그의 대답을 기다렸습니다.

"신디, 이봐요. 여기 이 성에서 당신을 고용할 수도 있겠지만, 지금은 왕실 고문들을 위한 일자리밖에 없어요. 알다시피 여자는 할 수 없는, 매우 중요하고 난이도 높은 일들이라고."

"이런 게 바로 내가 얘기한 것들이에요! 내가 방금 말했던 모든 것들의 맨 꼭대기에서 나는 언제나 뒤로 밀려나 있어요. 내가 여성이기 때문이죠. 그런데요, 생각해봐요. 방금 내가 유리 구두를 어떻게 깨트리는지 봤죠? 이제 내가 유리 천장을 어떻게 깨트리는지도 지켜봐요!"

방에 있던 모든 사람들이 몸을 숙였고, 신경질적으로 연회장 유리 천장을 응시했습니다.

"실제로 저 위에 있는 유리 천장을 얘기하는 게 아니에요, 이 한심한 사람들아! 눈에 보이지 않지만, 어딘가에서 여전히 성별이나 피부색 등을 이유로 사람들의 발전과 기회를 막는 차별적인 장벽을 유리 천장이라고 은유적으로 표현하고 있는 겁니다. 내가 지금 이런 발언을 하는 동안 당신들 모두 선물 가방을 열기 바쁘다는 게 참 믿을 수가 없네요."

신데렐라는 절뚝거리면서 밖으로 나갔습니다.

"나는 이제 학교로 갑니다. 일자리도 구할 거고. 내 지위도 높일 거예요. 내 명함에는 '유리 천장 뽀개기 전문 대표이사'라고 새기겠습니다. 왜냐고요? 나는 누구든 스스로 자신의 직함을 정해도 괜찮은 그런 쿨한 회사에서 일할 거거든요. 한번 보세요. 여러분 모두요. 그리고 크뤼디테는 뭐 대단한 요리가 아니라, 그냥 보통 채소를 뜻하는 고급 단어일 뿐이에요."

신데렐라는 자신이 하겠다고 했던 모든 것을 이뤄냈습니다. 물론 쉽지는 않았지요.

하지만 신데렐라는 계속해서 노력하고 또 노력했습니다. 그는 유리 천장을 수없이 많은 조각으로 깨트렸어요. 과거에 깨트렸던 멍청한 유리 구두 모양의 문진처럼요. 그리고 그는 더 이상 힐을 신지 않았습니다. 언제나 낮고 납작한 플랫 슈즈를 신었답니다.

여자라면 늙어서도 겪는 일, 「빨간 모자」

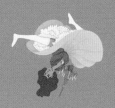

LITTEL RED RIDING HOOD &

THE BIG BRD WOLFCALLER

한 마을에 '작은 빨간 두건'이라고 불리는 사려 깊고 활기찬 젊은 여성이 살았습니다. 그녀의 진짜 이름은 로사였지만, 늘 체리색 망토를 입고 있었고 키가 158센티미터 정도로 작았기 때문에 사람들은 그녀를 '작은 빨간 두건'이라고 불렀어요. 그따위 별명을 붙여준 걸 보면 동네에 창의성 있는 인간이 없었던 것 같아요.

어느 날 로사의 엄마는 달콤한 빵으로 가득찬 바구니를 할머니에게 가져다주라고 로사에게 심부름을 시켰습니다. 할머니가 몹시 아팠기 때문이에요.

"딸아! 곧장 할머니 댁으로 가야 한다. 어두컴컴한 길로는 내려가지 말고, 낯선 사람이랑 말 섞지 말고, 허리 꼿꼿이 펴고, 똑바로 걷고. 알겠지?"

"알았어요. 엄마." 로사는 문밖을 나서며 대답했습니다. 그리고 엄마가 시야에서 사라지자마자 어깨를 축 구부리고 거북목을 내밀었어요.

할머니 집으로 겨우 몇 발짝 걷기 시작했을 뿐인데, 멀리 있는 나무 뒤에서 휘파람 소리가 크게 들렸습니다.

"아아, 우우우!"

늑대였습니다.

"거기! 멋진 빨간 망토! 그것도 멋지지만 망토 같은 거 안 걸치는 게 더 예뻐 보일 것 같은데?"

오, 이런. 로사는 어떻게 해야 할지 몰랐어요. 그녀는 헌팅 같은 수작을 부리는 낯선 늑대를 상대하고 싶지 않았습니다. 추파를 던지는 게 다른 어떤 늑대였어도 싫었을 거예요. 게다가 전혀 신선한 작업 멘트도 아니었고요. 그냥 옷 애기잖아요.

로사는 바구니에서 초콜릿 쿠키를 하나 꺼내 늑대의 주의를 분산시키려 했어요.

"그거 굉장히 먹음직스러워 보이네. 한 입만 먹어도 될까?" 섬뜩한 미소를 띠며 늑대가 말했습니다.

로사는 세상에 어떤 미친놈이 처음 보는 여자한테 디저트를 한 입만 달라고 할까 생각했어요.

'에휴, 그냥 날 좀 내버려두렴.'

그녀는 반쯤 먹은 쿠키를 녀석에게 내던질까 생각했지만, 늑대에게 주기에는 쿠키가 너무 맛있었습니다. 그녀는 쿠키를 던지는 대신 걸음 속도를 높여 늑대에게서 벗어나려고 했습니다.

그러나 늑대는 징검다리를 건너려던 로사를 계속해서 뒤쫓았어요. 그리고는 "으으음. 맛있겠다"라며 그녀를 괴롭히려는 듯한 톤으로 중얼거렸습니다.

그녀는 늑대가 맛있다고 지껄이는 게 자기를 보고 하는 소리가 아니라 쿠키를 보고 하는 소리이길 바랐어요. 그리고 주변을 살펴보며 어디 안쪽으로 들어가 자신을 숨길만한 안전한 공간이 있는지 찾았습니다.

그러나 가게들이 다 문을 닫았고 노점상, 포장마차 같은 것들에도 주인이나 손님이 보이질 않았어요.

늑대는 여전히 그녀를 따라오고 있었어요. 로사의 불안감은 점점 더 커졌습니다. 그녀는 늑대와 맞서거나 그를 화나게 하고 싶지 않았어요. 그러나 어쩌면 눈을 마주 보거나 눈알을 굴리는 행동으로 늑대를 멈추게 할 수 있지 않을까 생각했습니다.

로사는 늑대의 노란 눈을 바라보며 말했습니다. "그만둬!" 그리고는 심하게 눈알을 굴리며 머리를 뒤로 젖혔습니다.

"젠장할 저 엉덩이." 늑대가 말했습니다.

'전혀 안 통하네.' 로사는 고개를 숙이고 빨간 망토의 두건을 잡아당겨 그가 힌트를 얻고 멈추기를 바랐습니다.

"자기, 웃어봐. 왜 나한테 자기 예쁜 미소를 안 보여주려고 하는 거야?" 늑대가 다가오며 말했습니다.

얼어붙은 로사가 반응을 하지 않자 늑대는 갑자기 소리를 지르기 시작했어요.

"대체 뭐가 문젠데? 씨발!"

희롱에 가까웠던 그의 수작질은 점점 더 폭력적이 되어가고 있었습니다. 그냥 무시함으로써 그것이 잘못된 행동임을 알려주는 것만으로는 그를 멈출 수 없었어요. 로사는 그를 멈추게 하기 위해 무엇이라도 해보려고 필사적으로 생각했습니다. 손바닥은 땀으로 흥건해졌고, 두 뺨은 피가 거꾸로 솟아 흐르는 것처럼 뜨거웠어요. 왼쪽 눈에 슬슬 경련이 왔을 때, 그녀는 마지막으로 하나 남은 방법을 시도할 참이었습니다. 바로 '열정적인 독백'이요.

"이봐, 늑대! 너 지금 나를 엄청 불편하게 만들고 있어. 나는 그저 우리 할머니가 많이 편찮으셔서 병문안 가는 길이었다고. 나는 내 쿠키, 망토, 엉덩이 이야기로 희롱당하는 일 없이 거리를 걸을 수 있었으면 좋겠어. 쿠키든 엉덩이든 망토로 다 가려져 있어서 제대로 볼 수도 없으면서 그따위 짓을 장난이라고 하는 거야? 너나 나나 이 지구상에서 그저 하루하루 살아가는 작은 생명체일 뿐이잖아. 내가 너의 그 털북숭이 회색 꼬리 갖고 뭐라고 하면 기분이 어떻겠어? 나는 네가 나한테 하듯이 그런 식으로 말하고 싶지 않아. 그게 싫어. 기분이 안 좋거든. 난 너를 위해서 이 망토를 고른 게 아냐. 나와 내 엄마를 위해서 고른 거라고. 왜냐고? 이게 내 옷들중 엄마가 그나마 귀엽다고 생각하는 유일한 옷이라서 그래. 언젠가 거리에서 네 마음에 드는 여자를 만난다면, 그땐 부디 좀 더 정중하게 얘기하렴. 그럼 좋은 하루 보내고. 썩 꺼져!"

늑대는 갑자기 행동을 멈추었습니다. 로사는 그가 무슨 짓을 하려는 것인지 보고 싶지 않았기 때문에 할머니 댁으로 향하는 걸음을 재촉했어요.

로사는 늑대에게 그냥 아무 말도 하지 말고 지나쳤어야 했는지 스스로에게 물어보았습니다. 만약 녀석이 어떤 흉기를 갖고 있거나 날카로운 이빨을 드러냈으면 어떻게 됐을까요?

때때로 추파를 던지는 놈들은 매우 위험합니다. 마치 광견병 걸린 개가 발정까지 난 듯하다고 할까요.

마침내 그녀가 뒤를 돌아봤을 때 늑대는 사라지고 없었습니다. 휴우. 빨간 두건은 푸념하듯 늘어놓은 독백이 어느 정도 통했다고 생각했어요.

하지만 그녀는 젊은 여성이라면 누구라도 할 만한 행동을 했던 것이에요. 위협을 느꼈고 스스로를 지켜야 했으니까요. 그녀는 가장 친한 친구 클레오에게 자신의 위치를 알리려 메신저 비둘기를 보냈습니다. 비둘기는 숲에서 열리는 콘서트를 보기 위해 친구들을 만날 때나 어떤 미친개 같은 인간에게 스토킹 당할 때 늘 유용한 존재였어요.

다행히 곧 로사는 할머니 집에 도착했습니다.

그녀는 노크하고 기다렸지만 할머니는 답이 없었어요. 재차 문을 두드렸지만 놀랍게도 문이 잠겨 있지 않았습니다.

"할머니, 저 왔어요. 제가 과자랑 사탕을 가져왔어요."

"아이고, 내 새끼! 할미 여기 있다."

그런데 목소리가 할머니 같지 않았습니다. 몹시 지친 듯 쇳소리 같은 목소리가 흘러나왔어요.

로사는 할머니가 많이 아파서 그런 게 아닐까, 하는 생각이 들어 가엾다고 생각했습니다.

로사는 집 뒤쪽에 자리한 할머니 방으로 가서 문을 슬며시 밀어봤어요. 침대에 웅크리고 앉아 책을 읽는 할머니가 보였습니다. 그런데 시선을 사로잡는 무언가가 보였습니다.

"할머니, 귀가 엄청 커요."

"네가 하는 말을 잘 듣기 위해서지."

"그리고 눈도 엄청나게 크네요"

"너를 좀 더 잘 보고 싶어 그렇지."

"입은 정말이지! 진짜, 진짜, 크네요."

"좋아, 얘야, 그 정도면 됐어. 내 눈, 귀, 입에 대해 이러쿵 저러쿵 말해주니 기분이 아주 거지같네. 나이가 들어 귀 연골이 뻗어서 커진 거고, 돋보기안경이 눈을 커다랗게 키워줬고, 입은 새 틀니를 끼우다보니 더 크게 벌어진 것뿐이야."

"할머니, 죄송해요. 그런 뜻이 아니라 새 안경 쓴 걸 처음 봐서 그랬어요. 진짜 잘 어울리시는데요?"

"그래. 아가야. 그럼 여기까지 오는 길이 어땠는지 할미에게 한번 말해보렴."

"솔직히 말하면 그렇게 좋지는 않았어요. 저를 따라오는 늑대 녀석이 있었는데 잠시도 가만두지 않고 계속 수작을 부리더라고요." 로사는 모든 것을 알고 있는 할머니의 침대로 가서 말했습니다. 그간 있었던 일을 하나하나 설명했어요.

"그랬겠지. 이 할미도 아직까지 그런 일을 당한단다."

빨간 두건은 그 말을 듣고도 크게 놀라지 않았습니다. 결국 여자라면 나이나 외모, 체형 그런 것들을 떠나 살면서 누구나 다 그런 개수작을 당하니까요.

"너에게 해줄 만한 좋은 조언이 있으면 좋으련만, 할미나 할머니 친구들 사이에서도 그런 놈들을 방어할 특별한 방법을 알아내지 못했단다. 모든 할머니가 각자 자기만의 대응책을 갖고 있기는 하지만 말이야. 결국 중요한 것은 모든 것이

상황에 따라 달라질 수밖에 없다는 거야. 네가 아무 반응도 없이 그 상황을 지나친다면, 뭔가 자신이 무능하게 느껴질 수도 있겠지. 하지만 그렇다고 그런 놈들에 맞서 싸우다간 더 큰 위험에 빠질 수도 있는 노릇이고. 나는 네가 그 상황을 잘 대처하고 여기까지 왔다는 게 자랑스럽단다. 그럼 이제 우리는 네 엄마가 만든 빵이랑 쿠키 좀 먹어볼까?"

할머니와 손녀는 달콤한 디저트를 먹으며 좋은 시간을 보냈고, 앞으로 늑대 녀석들을 다시 만나면 어떻게 할지 상상의 나래를 펴보았어요. 할머니는 그 녀석들의 뺨을 제대로 갈겨주고 싶다고 했고, 빨간 두건은 그런 수컷들의 수작질이 얼마나 여성을 불안하게 만드는지 깨닫게 해주는 멋진 프레젠테이션을 하고 싶었습니다.

"할머니가 무사하셔서 다행이에요. 나는 거리에서 나에게 추근댔던 늑대가 할머니 집에 와서 할머니를 먹어 치우고, 나까지 잡아먹으려는 살인마가 아닐까, 하는 이상한 기분이 들었거든요."

"저런, 저런, 날 봐. 그냥 할머니란다. 글쎄 아마 이 책이 조금 더 어둡고, 기괴한 동화였다면 내가 할머니의 탈을 쓴 늘대였을지도 모르지만."

한편, 마을 건너편에서 그때 그 늘대는 여전히 거리를 걷는 다른 여자들에게 추근대고 있었습니다. 그의 할머니가 빵을 구하러 나갔다가 돌아와서는 손자의 바보 같은 행동을 목격하고야 말았지요. 늘대는 쪽쪽거리는 입맞춤 소리를 내며 젊은 여성에게 "자기야, 나 섰어!"라고 소리쳤어요.

그러자 그의 할머니가 거대한 바게트 방망이로 다리를 걸어 그를 땅바닥에 자빠트렸습니다. 거리에 뻗어 있는 손자에게 늘대 할머니는 남성들의 폭력성과 잘못된 성 인식에 대해 강의를 시작했습니다.

이후 늘대는 다시 여자들에게 헛짓거리를 하지 않았다고 하네요.

내가 기르는 털이
무엇이든,
「라푼젤」

RAPUNZEL'S

ARMPITS

올라가는 방법도 내려오는 방법도 단 하나뿐인 높디높은 탑에 독립심 강하고 대담한 젊은 여자가 한 명 살았습니다.

그 한 가지 방법은 바로 그녀의 길고 비단결처럼 고운 머리카락을 타고 오르내리는 것이었죠.

그녀는 아기였을 때, 마녀에 의해 부모로부터 떨어져 이곳에서 자라게 되었습니다. 그녀의 아버지가 임신 중인 아내를 위해 마녀의 정원에서 채소 몇 개를 훔치다 발각되었고, 마녀는 채소를 돌려 받지 않고 그들의 딸아이를 데려갔죠. 마녀는 원하는 것이라면 무엇이든 남들에게 동의나 양해를 구하지 않고 가져다 쓰거나 먹는 어리석은 행동이 잘못된 남성성의 전형적인 모습이라고 생각했어요.

마녀는 그들이 훔쳐간 채소들 중 하나의 이름을 따서 아기 이름을 라푼젤이라고 지었습니다.

조금 요상한 이름처럼 들리겠지만, 다른 후보였던 브로콜리니보다는 한결 나았어요. 마녀는 남성 지배적인 사회로부터 라푼젤을 최대한 보호할 수 있기를 바라며, 그녀를 출입구 하나 없는 탑 꼭대기에 가두었습니다.

대신에 라푼젤이 탑 높이만큼 머리카락을 길게 기르도록 해서 마녀가 아이를 돌보고 싶을 때면 창 밖으로 던져진 라푼젤의 머리카락을 타고 탑에 올라갔습니다.

머리카락을 타고 오르는 것에는 두 가지 목적이 있었습니다. 첫째, 그녀의 기다란 머리카락을 단순히 실용적인 목적으로만 사용함으로써 어떤 미적인 기준 같은 것을 망치게 하려는 것이었고, 둘째는 사다리를 앞뒤로 설치하고 치우면서 탑을 오가는 일보다는 훨씬 간단했기 때문이었어요.

"남자들은 다 네가 기른 채소를 원해." 마녀는 매일 밤 라푼젤이 잠들기 전 그렇게 속삭였습니다.

몇 년이 지난 후, 어느 날 멋진 말을 탄 한 남자(당연히 왕자겠죠?)가 길을 지나다가 마녀가 길고 화려한 머리카락을 타고 탑에 올라가는 것을 보았습니다.

그가 평생 살면서 본 그 어떤 여자의 머리카락보다 아름다운 것이었죠.

마녀가 떠나고 바닷가가 깨끗해지자, 그는 라푼젤이 있는 탑으로 향했어요.

마녀가 라푼젤을 부르듯이 그녀를 불러보았습니다.

"라푼젤! 라푼젤! 내가 계단을 올라 당신에게 닿을 수 있도록 머리카락을 내려보내주세요."

"왕자님! 저를 어떻게 찾으셨나요?"

"멀리서 별처럼 빛나는 그대의 부드러운 머리카락을 타고 오르는 한 여인을 보았소. 내가 그대에게 올라가도 되겠소?"

"당신의 의도는 명예스러운 것인가요? 그리고 당신의 마음은 금처럼 강인한가요?"

"물론이오. 당신처럼 아름다운 여자를 만나기를 얼마나 오랫동안 갈망해왔는지 모르오."

"아름다움이란 것이⋯⋯. 남성과 여성의 사랑이 이뤄지는 과정에서 중요한 조건이 되는 어떤 이상적인 여성의 아름다움을 뜻하나요? 여성이 아래로 내려가는 거요. 단순히 탑 밑으로 내려가는 것만 얘기하는 게 아니라. 내가 지금 무슨 말하는지 아시겠죠?"

"오, 음……. 물론 그런 건 아니죠. 내면의 아름다움을 얘기한 거예요. 내면의 아름다움 정도면 괜찮은 거죠?"

"그래요. 그럼 제 헤어를 내려보낼게요."

왕자는 라푼젤이 머리카락을 내리기 위해 눕듯이 몸을 뒤로 기울이는 것을 보며 얼마나 황홀했는지 모릅니다.

라푼젤이 땀에 젖은 머리카락을 밖으로 내던지는 것을 보며 왕자는 중얼거렸습니다.

"저 비단결처럼 부드럽고 아름다운 머리카락을 내 손으로 어루만지는 걸 기다릴 수가 없을 것 같아."

라푼젤 귀에도 그 소리가 다 들렸습니다.

"어? 이거 뭐지? 이런 제길. 이거 머리카락이 아니라 겨드랑이 털이잖아?"

왕자는 어찌할 바를 몰라 주저했습니다.

누군가의 머리카락을 타고 탑에 오른다는 것도 일반적인 일은 아니지만, 겨드랑이 털을 타고 오르는 건 더더욱 낯선 일이었으니까요.

왕자는 몇 년 전 기억이 떠올랐습니다.

'괜히 그 기사들이 생각나잖아. 내가 압력솥 재질로 갑옷을 만들어 입었다고 심하게 놀리고 조롱했던 그들. 자기들이 입는 옷이랑 다르다는 이유로 나를 조롱했던. 그 놀림을 받을 때도 기분이 더러웠는데, 지금 이 기분도 만만치 않네.'

왕자는 속으로 생각했습니다. 그 기억이 날 정도로 기분이 역겨웠어요.

그는 자기 자신을 페미니스트라고 생각했기에 여자들이 겨드랑이 털을 제모하든 그렇지 않든 아무 상관이 없었지만, 그렇다고 해서 그 겨드랑이 털을 타고 탑 꼭대기에 올라가고 싶은 마음은 없었습니다.

정말로, 조금도, 그렇게 하고 싶지 않았어요.

옆에 쌓여 있는 거친 머리칼, 아니 겨드랑이 털을 보며 생각에 잠겼습니다.

"무슨 문제라도 있나요?"

라푼젤이 물었습니다.

"음……. 머리카락이 아니라 겨드랑이 털이 내려온 것 같네요?"

왕자가 되물었습니다.

"좀 이상한가요? 머리카락을 50미터 가까이 기르는 건 이상하지 않고, 겨드랑이 털을 그렇게 기르는 건 이상하다고 생각하는 거네요?"

"둘 다 이상하기는 해요."

"그건 옳은 생각이 아니에요. 나는 내 몸에 하고 싶은 건 뭐든지 마음대로 할 수 있다고요."

"그래, 맞아. 그 이상하다는 게 나쁜 쪽으로 이상하다는 건 아니었어요. 그저 어떤 미친 마녀가 하듯이 나도 당신의 머리카락을 타고 탑 끝까지 오르는 것을 기대하고 있어서 그랬던 거죠."

"와! 그 미친 마녀가 우리 엄만데요?"

라푼젤이 답했습니다.

"이런, 미안! 다시 얘기할게요. 나는 항상 검은 옷을 입고 뾰족한 검은 모자를 쓰는 당신 어머니께서 하시듯이 그저 머리카락을 올라타고 싶었을 뿐입니다. 다른 뜻은 없었어요."

"그렇게 하면 머리 아프단 말이에요. 그리고 나는 다른 왕국 여자들이 겨드랑이 털을 깎지 않고 기르는 게 멋있다고 생각하거든요."

왕자는 일이 뜻대로 잘 풀리지 않는다는 것을 알 수 있었습니다.

만약 그가 라푼젤과 뭔가를 함께할 기회를 노릴 생각이었다면 다른 차원의 접근법이 필요했어요.

"당신 말이 맞아요. 나 올라갑니다. 이게 지금 내가 해야 하는 일이니까." 왕자는 크게 심호흡을 한 후 말했습니다.

그는 그녀의 겨드랑이 털을 움켜쥐고 기어오르기 시작했습니다.

"나는 여자가 좋아. 그리고 나는 여성이 어떻게 보여야 한다든지 그들의 머리카락이나 털을 어떻게 다듬어야 한다든지 하는 그런 편협한 가부장적 견해에 반대해. 나는 늘 여자들도 칼을 가져야 한다고 말하는 사람이거든."

왕자는 사실 단 한 번도 여성이 무기를 소지해야 한다는 의견을 밝힌 적이 없었습니다.

겨드랑이 털을 타고 오르는 건 길고도 험한 일이었지만 전망은 환상적이었어요. 그러나 중간쯤 올라갔을 때 왕자는 조금은 이상한 미묘한 냄새를 맡기 시작했습니다.

"또 무슨 문제가 있어요?" 라푼젤이 물었습니다.

"아니! 아무 문제없어요."

왕자가 답했어요.

"당신, 입으로는 그렇게 말하지만, 얼굴은 달라요. 얼굴은 전혀 다른 얘기를 하고 있어요."

"음, 사실 냄새가 좀……."

그는 악취에 압도되어 친절한 반응을 보이지 못했다고 인정했습니다.

"나는 유기농 무독성 데오드란트를 썼어요. 다른 제품들은 암을 유발하기 때문에 사용하지 않아요. 인체에 해로운 독성 화학 물질이 가득한 화장품이나 청결제를 판매하는 기업들은 이제 정말 지긋지긋하다고요."

라푼젤은 짜증을 내며 답했습니다.

"그래, 그래, 그게 최악이지요."

왕자는 그녀에게 더 가까이 다가가고 있다는 사실을 깨닫고는 말을 좀 더듬었습니다.

라푼젤의 발코니에 가까워지자 그녀가 밝은 빨간색 립스틱을 바르고 속눈썹에 마스카라를 바르는 모습이 보였습니다.

"오, 난 당신 같은 사람은 화장을 할 거라고 생각하지 못했어요. 놀랍네요."

"나 같은 사람이요?"

'이런. 내가 또 뭔가 잘못한 것 같은데, 뭔지 모르겠네.' 왕자는 생각했습니다.

"나는 나를 기분 좋게 만드는 일이라면 뭐든 다 할 수 있다고요. 페미니스트들도 화장할 수 있고, 뽕 넣은 브라도 할 수 있는 거 아니에요?"

"그럼요. 그럼. 전 항상 그렇게 말하고 다니는데요. 페미니스트도 뽕 얼마든지 넣을 수 있죠."

마침내 왕자는 라푼젤의 탑으로 올라갔습니다.

'어쨌든 올라와서 다행이다. 아, 근데 진짜 이제는 외모에 대해서 이러쿵저러쿵 말하지 말아야지. 너무 복잡하고 생각할 게 많네.'

"라푼젤! 이거 정말 멋진 탑이네요. 혹시 나중에 내 궁전을 한번 보고 싶다면, 시트를 묶어 여기에서 내려간 후 내 말에 태워줄 수 있어요. 하지만 당신 겨드랑이 털이랑 체모가 너무 길고 무거워서 말 위에 실을 수 있을지 잘 모르겠네요."

그는 방 전체를 감싸고 있는 그녀의 겨드랑이 털을 다시

힐끗 보았습니다.

"머리카락만 길면 딱 좋을 것 같은데……. 혹시 겨드랑이 털 제모하는 게 걱정이라면 안 해도 돼요. 나한테 크고 예리한 검이 하나 있으니까."

라푼젤은 너무나 당황스러웠습니다.

"이봐요, 저는 이렇게 사는 게 좋은데요. 그리고 아무리 봐도 당신은 아닌 것 같아요. 그냥 가세요. 왔던 길 그대로 내려가요."

"뭐라고? 나 네 겨드랑이 털 타고 여기까지 올라오는 데 45분 걸렸어. 근데 지금 바로 내려가라고? 우리 나름 잘 되고 있는 거 아니었어?"

"뉴스 속보입니다! 이 세상에 어떤 사람도 외모에 대해 지적하고 참견하는 꼰대를 좋아하지 않는다고 합니다. 이상적인 아름다움은 마음속 깊은 곳에 내재되어 있는 것입니다. 여성들은 매일 같이 남성들에게서 외모를 평가당하는 공격적인 메시지를 받습니다. 우리는 자기 자신을 드러내고 표현하고 싶어 한다는 이유로 종종 천박하다는 말까지 듣습니다. 아름답게 보이기 위해 화장을 해도 욕을 먹죠. 반대로 여성들에게 요구되는, 도달하기 어려운 여성성과 미적 기준을 강요받습니다. 그 기준에 미치지 못할 경우에도 우리는 엄정한 평가를 받습니다. 언제나 남자들의 고귀한 시선에서 벗어날 수가 없는 것 같아요. 심지어 당신과 이 탑에 함께 있는 순간에도요. 당신, 이제 갈 때가 됐어요. 가세요."

"잠깐만. 내가 네 겨드랑이 털을 타고 올라오기 전에, 다리 털은 어떻게 했니? 그걸 타고 올라 왔어도 되는 거 아냐?"

왕자는 억울하다는 듯 필사적으로 물었습니다. 왕자가 거절당한 직후부터 라푼젤에게 반말을 해대는 것이 몹시 거슬렸지만, 라푼젤은 우아함을 잃지 않고 다시 말했습니다.

"아뇨, 다리 털은 제모해요."

"아니, 아름다움이 어쩌고 화장이 어쩌고 하면서 겨드랑이 털은 이렇게 길러놓고, 다리는 면도를 한다고?"

"당신이 오늘 일로 딱 하나 배워야 할 것이 있다면, 그건 털을 기르든 말든 그 모든 건 내 선택이라는 거예요. 그리고 남의 외모 갖고 평가하는 건 당신한테도 좋을 거 하나 없는 어리석은 짓이에요."

왕자는 가부장제를 영속시킨다는 것, 그리고 '고귀한 남성의 시선'이라는 측면에서 자신의 역할을 생각해보기 시작했어요. 하지만 그는 그보다는 자신이 갑자기 배가 고파졌다는 사실에 더 신경이 쓰였습니다.

"저 근데 혹시 이 근처에 괜찮은 야채 스튜 레스토랑 있는지 알아요?"

"어휴, 사내 새끼라는 것들이 원한다는 게 다 그저 빌어먹을 채소뿐이네."

라푼젤은 소리를 지르며 그녀의 가운 속으로 손을 집어넣어 체모를 내던졌습니다.

"내 아래 털 타고 내려가서 썩 꺼져! 지금은 겨드랑이가 너무 아프니까."

왕자는 라푼젤의 영예로운 음모를 타고 탑 밑으로 내려갔고, 이후 다시는 돌아오지 않았습니다.

임금 격차, 승진 문제, 다음 세대를 위한 연대, 「뮬란」

MULAN'S

MOOLA

옛날 옛적, 중국에 뮬란이라는 용감하고 꿋꿋한 여성이 살았습니다. 열여덟 살 때, 늙은 아버지 대신 남장을 하고 군에 입대했지요. 그렇게 12년을 여자라는 걸 누구에게도 들키지 않은 채 싸워왔습니다. 볼일을 서서 봐야 하는 게 골칫거리였지만, 여성용 깔때기를 하나 발명한 덕분에 문제는 해결되었지요.

전쟁이 끝나고 전역을 결심했을 때, 뮬란은 마침내 전우들에게 사실을 털어놓았습니다. 자신은 남자가 아니라 여자라는, 일종의 커밍 아웃이자 선언이었죠. 그리고 사내 녀석들의 추잡한 농담 따위 솔직히 하나도 안 웃겼다고요. 부대 전체가 충격에 빠졌습니다. 훈장까지 받은 우리의 전쟁 영웅이, 계집애였다고? 여자가 남자만큼 싸움을 잘할 수 있고, 남자만큼 짧은 머리가 잘 어울릴 수도 있다고? 뮬란의 커밍 아웃 후, 중국 군대는 여성의 입대를 허가하기로 했습니다. 뮬란은 행복하게 전역할 수 있었지요. 이제는 실수로라도 남자 화장실에 들어갈 일이 없을 테니까요.

자, 여기까지가 흔히 알려진 뮬란의 이야기입니다. 하지만 정말 재미있는 이야기는 다음부터입니다.

고향에 돌아온 뮬란은 결혼해서 아들을 낳았습니다. 그렇게 5년이 흐르고 누군가가 그녀의 대문을 두들겼지요. 바로 뮬란의 옛 상관, 리 장군이었습니다.

"뮬란, 또 전쟁이 터졌다. 자네가 돌아와야 해! 이번에는 자네가 중장으로서 병사 훈련을 담당하게 될 걸세. 뭐 중요한 건 아니지만, 참고로 금요일 딤섬 파티 예산도 두 배로 늘렸어! 거절하진 않겠지?"

경력 단절된 여자들이 으레 그렇듯, 뮬란도 최근 복직에 대해 고민하던 참이었어요. PX에서 파는 만둣국이 그립기도 했고요. 뮬란은 선뜻 "하겠습니다!"라고 답했습니다.

그렇게 두 달간의 훈련을 거치자 뮬란의 부대는 다른 부대에 비해 훨씬 더 뛰어난 기량을 발휘했습니다. 그들은 더 강하고 날쌨으며, 중국 군대 전체에서 유일하게 훌라후프를 45분 동안 쉬지 않고 돌릴 수 있었어요. 훌라후프가 전쟁 수행 능력과 무슨 상관이 있나 싶겠지만, 유연한 골반은 생각보다 쓸 데가 많은 법이지요.

어느 점심시간, 뮬란은 한 중장과 함께 식당에서 잡담을 나누었습니다. 뮬란이 오리고기를 한입 가득 베어 먹으며 말했습니다.

"이 베이징덕 진짜 맛있다. 주방장이 미친 것 같아. 전쟁용 통조림으로 어떻게 이런 음식을 만들지?"

"주방장한테는 비밀인데, 나는 몰래 조금 더 가져왔어."

"비밀은 물론 지켜주지. 나한테도 조금만 나눠준다면."

동료 중장이 고기를 덜어주는데, 그의 외투 주머니에서 종이가 한 장 떨어져 뮬란의 발치에 내려앉았습니다. 그녀는 종이를 주웠습니다. 그건 중장 봉급 수표였어요. 이해가 안 될 정도로 많은 0이 찍혀 있었습니다.

"가불받은 거야? 아니면 주급이 아니라 월급이나 다른 단위로 급여 받는 거야?"

뮬란이 어리둥절해서 묻자, 남자 중장은 무언가 잘못되었다는 걸 모르고 대답했습니다.

"아니? 원래 일주일분 주급인데. 우리 다 이렇게 받는 거 아니야?"

아니었습니다. 남자 중장이 받는 주급은 뮬란의 월급과 맞먹었어요. 뮬란은 큰 충격에 휩싸였습니다. 사실, 충격을 넘어 왠지 모를 부끄러움까지 느껴졌어요. 두 사람은 다를 게 없었으니까요. 똑같은 일을 하고 계급도 같고, 심지어 나이도 같은 닭띠인데, 받는 돈이 천차만별이라니!

뮬란은 당연히 직급에 따라 받는 돈이 정해져 있을 거라 생각했기 때문에, 남녀 차별이 있을 거라는 생각을 해본 적이 없었습니다. 게다가 사람 죽이는 게 직업인 사람들끼리 서로 얼마 받는지 얘기하는 건 좀 도리에 어긋나는 것 같았어요.

하지만 백날 도의 같은 거 지킨다고 주머니에 든 돈이 불어나는 건 아니었습니다. 뮬란은 임금 협상 또한 하나의 전쟁과 다름 없다고 깨달았어요.

싸우지 않고 저절로 얻어지는 건 하나도 없다는 점에서는 전혀 다를 게 없다고 생각한 것이죠. 아침이 밝는 대로 리 장

군에게 찾아가 이런저런 얘기를 해볼 참이었습니다. 적어도 계급이 같은 남자 동료들과 똑같이 받아낼 작정이었습니다.

이튿날, 뮬란은 마음에 드는 갑옷을 골라 입었습니다. 혹시 일이 틀어져 당장 그만둬야 할지도 모르니, 그녀의 정보원 명단을 따로 적어두기도 했어요. 뮬란은 리 장군의 막사에 당도했습니다.

"제가 받는 봉급에 대해 얘기를 좀 하고 싶습니다."

리 장군이 문을 열고 나오자마자 뮬란이 말했습니다.

"남자 동료들에 비해 제가 훨씬 적은 돈을 받고 있더라고요. 지난 전쟁에서는 분명 똑같이 받았거든요, 무슨 문제가 있나요?"

"자네를 새로 채용했을 때 예산이 좀 빡빡했다네. 지금 우리 다 전쟁 중이지 않나? 그리고 무엇보다, 그때는 자네가 사내놈인 줄 알았으니 같은 돈이 나갔던 거지."

"……뭐라고요?"

"미안하네, 뮬란. 당장 급여를 올려줄 일은 없을 거야. 몇 달 지나면 그때 다시 얘기하세."

그러나 뮬란은 이대로 물러설 생각이 아니었습니다. 임금 협상에 꼭 필요한 무기도 챙겨온 참이었죠. 바로, 반박할 수 없는 정보가 빼곡히 들어찬 엑셀 파일 말입니다.

"저희 부대는 다른 부대에 비해 6주나 더 훈련 진도가 빠릅니다. 일주일에 20만 위안을 절약한다는 말입니다. 저는 다른 중장들과 마찬가지로 3만 명의 병사를 관리, 감독합니다. 게다가 전시에 굳이 속옷 같은 걸 따로 입을 필요가 없다는 생각을 심어줘서, 결과적으로는 세탁 비용까지 절약하고 있습니다."

"잠깐 들어도 정말 불편하고 찝찝한 얘기군."

"좀 춥기는 하겠지만, 적응해야죠."

"여보게, 자네 남편도 일하지 않나. 그러니 자네가 버는 돈은 사실 말하자면 자네 가정에서 부수적인 것 아닌가? 게다가 자네 동료들은 육아 휴직도 쓰지 않고 쭉 근속해왔고 말이야."

"와우! 지금 저한테 육아 휴직 썼으니 그 정도 불이익은 감수하라고 얘기하시는 건 아니죠?"

뮬란이 덧붙여 말했습니다. "그리고 애 키우다보면 전투 능력이 약해지기는커녕 더 발달한단 말입니다. 똥 기저귀 가는 것만 해도, 그게 다 손놀림과 동체 시력이 좋아야 가능한 거 모르십니까?"

리 장군이 무슨 말을 꺼내기도 전에, 뮬란은 회심의 일격을 날리기로 했습니다. 관습대로라면 상관이 생각을 정리하고 말하길 기다리는 게 맞겠지만, 그랬다가는 쥐뿔도 못 얻어낼 게 뻔하다는 걸 너무나 잘 알고 있었습니다. 뮬란은 단호하게 말했어요.

"저는 무술과 검술과 머리 땋기에 통달한 전쟁 영웅입니다. 다른 동료들과 마찬가지로 연봉 70만 위안이 적당하다고 생각하고, 그간 밀린 임금은 이자까지 쳐서 받았으면 합니다. 그리고 저희 부대 전차도 좀 멀쩡한 걸로 바꿔주시고요."

"뮬란, 나야 자네 말 들어주고 싶지, 그걸 왜 모르나? 애석하게도 내가 어찌할 수 있는 일이 아니라네. 정말 예산이 바닥이라니까. 설마 부대원들에게 싸구려 갑옷을 입히면서까지 자네 봉급을 올려달라고 할 건 아니지?"

뮬란의 분노가 끓어올랐습니다. 남자 동료들은 이런 죄책감을 강요받지도 않을 테니까요. 이 빌어먹을 세상은 남자가 돈을 더 벌겠다고 하면 의욕적이라고 하지만, 여자가 조금이라도 더 받겠다고 나오면 바로 손가락질이 따라오죠. 뮬란은 이런 이중잣대 따위 집어치우고 싶었습니다.

뮬란은 계속 여기서 일해야 하는 이유를 떠올려봤습니다. 당장 다른 부대로 갈 만한 형편도 아니었고, 내일 점심때 부대원들과 재밌는 플래시몹을 하기로 약속했거든요.

그렇다고 해도 이런 개차반 같은 대접을 참을 수는 없었습니다.

"잘 알겠습니……."

"이해해줄 거라고 생각했네."

"잘 알겠습니다, 제가 이곳에는 과분하다는 걸요. 오늘 중으로 사직서 제출하고 전역 요청하겠습니다. 시간 내주셔서 감사합니다."

그 말을 남기고 뮬란은 군대를 떠났습니다. 검과 갑옷 그리고 몰래 꼬불쳐둔 사탕 상자를 챙기고 집으로 향했어요.

이건 그녀 혼자만의 문제가 아니었습니다. 대부분의 여성은 자신이 옳다고 믿는 가치를 위해 당당히 직장을 때려치울 형편이 못 되었습니다. 고지서라는 건 잠시만 멈칫해도 밀리고 쌓이기 마련이니까요. 이것은 오늘날을 살아가는 모든 여성 그리고 미래 세대의 여성과 남자인 척해야 하는 여성을 위한 일이었습니다.

중국 군대는 뮬란의 부재를 실감할 수밖에 없었습니다. 그녀의 용기와 리더십, 그리고 훌라후프로 단련된 유연한 스킬 없이 전쟁을 치러나갔으니 패배는 일상이 되었습니다. 부대원들의 골반도 날이 갈수록 뻣뻣해졌지요.

유난히도 끔찍했던 참패를 겪은 후, 뮬란에게 또 손님이 찾아왔습니다. 리 장군이 소심하게 한 발자국 한 발자국을 내밀며 들어와 말을 건넸습니다.

"이봐, 자네가 돌아와줬으면 해. 이번에는 자네가 말하는 대로 임금을 맞춰주겠네. 아, 그리고 식당에 녹차 정수기도 설치했다고 내가 얘기했던가?"

"카페인 안 좋아합니다."

뮬란은 굳은 얼굴로 대꾸했습니다.

"그리고 모든 군인이 직급에 따라 동일 임금을 받도록 급여 체계도 조정했다네."

"그게 바로 제가 바라던 거죠. 좋아요. 갑시다!"

뮬란은 군대로 돌아가, 절대 삐걱거리지 않는 신형 전차를 타고 중국 군대를 연전연승으로 이끌었습니다.

전쟁이 끝나고 뮬란은 리 장군과 마주 앉았습니다.

"대단해! 자네한테 준 돈이 한 푼도 아깝지 않아. 우리가 두 개의 평화를 한꺼번에 가져왔다는 게 믿어지나? 중국의 평화와 동일 임금의 평화 말이야!"

"그런가요? 두 번째 전쟁은 아직 시작도 안 했는데 말입니다."

"뭐라고?"

"남녀 임금 격차에는 여전히 복잡한 문제들이 있습니다."

뮬란은 말을 시작했습니다.

"임금을 동일하게 받는다고 해도, 여성은 남성보다 승진하기 훨씬 어렵습니다. 그러니 전체적으로 보면 훨씬 적게 벌 수밖에 없는 건 아니겠습니까? 이 군대에서 제가 유일한 여성 중장입니다. 화장실에서 거울을 보고 있으면 뿌듯하기는 하지만, 남녀평등 사회가 멀었다는 걸 생각하면 마음이 편치만은 않아요."

뮬란은 지금껏 경험한 것 중 가장 험난한 전투를 시작한 것이었습니다. 바로 남녀 임금 격차의 구조적 원인과의 싸움

말입니다. 그녀는 전국을 돌며 싸움을 시작했습니다. 여성들이 임금 협상에서 승리할 수 있도록, 젊은 여성들이 고액 연봉 일자리를 잡을 수 있도록, 교육 기회의 차이를 무너뜨릴 수 있도록, 유급 출산 휴가 기간이 늘어나도록, 남녀 모두가 자녀의 머리를 잘 땋을 수 있도록.

뮬란의 싸움은 이제 막 시작된 것입니다.

여자의 적은 여자라고
지껄이는 남자에게,
「피터 팬」

NEVER,
NEVER MAN

이름 한번 달콤한 달링 가족에게는 세 명의 아이가 있었습니다. 나이 순서대로 웬디, 존, 마이클이었어요. 막내 마이클의 사진이 가장 많은 건 두말할 필요가 없었지요. 아이들은 놀이방에서 함께 이야기책을 읽고, 보드게임을 하고, 바느질을 했습니다. 믿기 어렵겠지만, 아이들은 원래 그런 걸 좋아했어요. 스마트폰이 없었을 때에는요.

그러던 어느 밤이었습니다. 웬디가 동생들에게 이야기 하나를 읽어준 뒤, 안 좋은 소식을 전했습니다.

"존, 마이클. 오늘이 내가 놀이방에서 같이 있는 마지막 날이야. 내가 읽어주는 재밌는 이야기는 여기서 끝이란 거지. 엄마 아빠가 그러는데, 나는 이제 다 커서 혼자서 방을 쓸 때가 되었다는 거야. 세금을 뜯길 날이 가까워진다는 것만 빼면, 어른이 되어가는 건 참 멋진 일인 것 같아."

바로 그때, 초록색 옷을 입은 소년 하나가 창문을 통해 놀이방으로 들어왔습니다. 깃털이 달린, 수상하기 짝이 없는 고깔모자도 쓰고 있었지요. 소년은 이렇게 말했습니다.

"재밌는 이야기가 끝이라고? 그럴 리가! 나랑 같이 네버랜드로 가자! 거기서는 영원히 어른이 되지 않아도 돼. 지금 그대로 쭉 가는 거야. 아, 내 이름은 피터 팬이야."

"멋진데! 당장 가서 여권 가져올게." 웬디가 말했습니다. 어쩐 일인지, 평생 처음 본 남자애 하나가 창문으로 날아 들어왔다는 사실에 대해서는 별다른 위화감을 느끼지 못했어요.

갑자기 자그마한 요정 하나가 방으로 들어왔습니다. 피터 팬과 마찬가지로 초록색 옷을 입고 있었고, 머리는 위로 틀어 올렸습니다. 아주 예쁘기는 한데 한 번 세팅하려면 최소 20분은 걸릴 것 같은 피곤한 스타일이었죠. 요정은 방 안을 빙빙 날아다니며 달링 남매들의 머리 위에서 벨소리를 울려 댔습니다.

딩딩딩!

"저 시끄러운 벨은 뭐야?"

"아, 쟤는 팅커 벨이야. 너희는 쟤가 뭐라고 말하는지 알아듣기 어려울 거야. 저 이상한 벨소리 같은 건 네버랜드 말이거든. 그래도 괜찮아. 대신 내가 통역해줄 테니까."

웬디는 탄성했습니다.

"멋지다! 뭐라고 하는 건지 알고 싶어!"

"내 생각엔 지금 우리 방으로 쳐들어온 이 남자애가 믿을 만한 인간인지부터 먼저 알아봐야 할 것 같은데."

존이 처음으로 입을 열어 말했습니다. 하지만 아무도 그 말을 듣지 못했어요. 왜냐면 둘째 아이의 말은 아무도 들어주지 않으니까요.

막내 마이클은 고개만 끄덕거렸습니다. 얘는 아직 말도 제대로 못하는 애기라서요.

딩딩딩!

"애들아, 절대 이 녀석 따라가면 안 돼!"

팅커 벨의 말은 사실 이런 뜻이었습니다. 아이들이 듣기로는 온 동네 현관 벨이 한꺼번에 시끄럽게 울려대는 것처럼 들렸지만요.

"여기 이 새끼 이거 순 싸이코 스토커라고. 밤새 너네 집

창문 앞에 앉아서 너희가 하는 얘기도 다 엿듣고 뭘 하는지 계속 훔쳐봤다고. 그게 벌써 몇 달이나 됐어."

남매는 고개를 들어 피터 팬을 바라봤습니다. 통역해달라는 거였지요. "아, 그러니까……. 얘 말로는 다같이 네버랜드에 가면 아주 좋을 거 같다네."

딩딩딩!

"피터, 그건 거짓말이잖아! 난 그렇게 말한 적 없어!"

억울한 팅커 벨은 거의 미친 것처럼 남매의 머리 위를 윙윙 날아다니기 시작했습니다. '웬디, 피터는 너 말고도 많은 여자애들을 네버랜드로 데려갔어. 걔들은 아예 집에 못 돌아왔다고. 저기 길 건너 살던 여자애 세라피나 어떻게 됐는지 알아? 걔 이사 간 거 아니야. 해적한테 잡혀서 악어 밥이 됐다고!'

하지만 남매는 팅커 벨의 말을 알아들을 수 없었습니다. 팅커 벨의 말은 그냥 짤랑거리는 종소리에 불과했어요.

"너네가 얼른 와서 악어 친구를 만났으면 좋겠대."

피터 팬이 또 거짓말을 했습니다.

"아닌데. 애가 말한 건 좀 더 길었는데." 존이 말했지만, 아무도 그의 말을 듣지 않았습니다. 왜냐면 존은 웬디보다 3년 늦게 태어났고 마이클보다는 6년 먼저 태어났으니까요. 둘째의 말은 아무도 들어주지 않습니다.

"아닌데. 얘가 말한 건 좀 더 길었는데."

웬디가 말했습니다.

그러자 팅커 벨이 안도의 한숨을 내쉬었어요. 아이들은 이제야 상황을 파악하기 시작한 듯했습니다.

"네버랜드 말이 좀 심하게 길어. 너네 영화에서 네버랜드 말에 자막 달린 거 봤니? 그럴 수가 없게 돼 있어. '딩딩딩딩딩딩딩딩딩딩딩딩딩딩딩딩딩딩딩딩'이 '빵'이라는 뜻이야. 언어라는 게 참 묘하지?" 피터 팬이 말했습니다. "하여튼, 나랑 같이 네버랜드로 가서 다시는 집으로 돌아오지 말자!"

딩딩딩!

"아, 피터가 방금 한 마지막 말은 사실이야. 다시는 집으로 못 돌아가. 잘 들어. 만약 피터가 '오른쪽에서 두 번째 별, 직진하면 아침까지는 도착'이라고 말하면 당장 도망쳐. 그게 이 녀석이 보내는 신호거든. 듣기에도 후지지만."

팅커 벨은 피터 팬의 옷을 붙잡고 창가로 끌어당겼습니

다. 당장 여기서 떠나려는 것이었죠.

"피터 팬, 왜 팅커 벨이 널 데리고 떠나려고 하는 거지?" 존이 물었지만, 아무도 듣지 않았습니다. 왜냐면 존은 맏이도 아니고 막내도 아니었으니까요. 둘째의 말은 아무도 들어주지 않습니다.

"피터 팬, 왜 팅커 벨이 널 데리고 떠나려는 거지?" 웬디가 물었습니다.

"알았어. 진짜 어색한 분위기 만들기 싫었는데, 솔직히 말해야겠다. 내가 팅커 벨한테는 너네 중에 여자애가 없을 거라고 말했거든. 알잖아? 여자애들이 얼마나 징징대는지."

딩딩딩!

"징징대?" 팅커 벨이 소리쳤습니다. "징징대는 건 너지! 내가 마법 가루 뿌려주지 않으면 날지도 못하는 게!"

팅커 벨은 울부짖으며 방 안을 빙빙 돌았습니다.

"하여간 감정적이라니까." 피터 팬이 남매를 창가로 데려가며 말했습니다.

딩딩딩!

"감정적이라고? 그래! 나 감정적이야! 왜 그런 줄 알아?

네가 지금 애들을 납치하는 중이니까!"

틴커 벨은 웬디의 머리칼을 잡아당겨 방의 중앙으로 끌고 가려고 했습니다. 창가에서 최대한 멀어지게 하려는 것이었어요. 보통 그런 건 약한 애들 괴롭힐 때 하는 짓이지만, 여기서는 애들이 납치당하는 걸 막으려는 요정이 그러는 거니 넘어가죠.

"아! 아! 아! 얘가 내 머리 잡아당겨!"

"이제는 아예 대놓고 너를 질투한다고 하네. 경쟁자라고 생각하는 모양이지. 자기 남자를 훔친다고 생각하는 거야. 그 남자란, 바로 나지. 그런 남자인 거지, 내가."

딩딩딩!

틴커벨이 웬디의 눈을 깊게 들여다보았습니다. 무언가 이해해주기를 바라면서 말입니다.

"웬디, 저 자식이 지금 우리 사이를 이간질하려고 해. 여자들이 서로 시기 질투하기 때문에 여자의 적은 여자라고 지껄이는 거지. 꼭대기에 앉는 여자는 한 명뿐이고, 여자들은 그 자리를 얻으려고 서로 싸워야 한다는 식으로 말이야. 하지만 그건 사실이 아냐. 웬디, 난 너를 도우려는 거야!"

"웬디, 네가 잠옷 입은 모습이 뚱뚱해 보인다고 그런다."

웬디는 피터 팬의 말에 숨을 헉 들이쉬었습니다. 피터팬은 팅커 벨을 잡아당겨, 그들의 말소리가 닿지 않을 곳까지 끌고 갔습니다.

"야, 관둬. 씨발, 너 내가 나이가 몇인 줄 알아? 1,400살이야. 그 정도면 내가 하고 싶은 것 좀 해도 되는 거 아냐? 그리고 지금 내가 하고 싶은 일은 저 애들을 네버랜드로 데려가는 거라고. 그러니 닥치고 그냥 협조해!"

팅커 벨의 얼굴에 눈물이 흘러내렸습니다. 남매들을 네버랜드로 가지 못하게 막을 방법이 없는 것 같았으니까요. 이 순진한 아이들은 사악한 파충류, 원주민에 대한 인종차별적 묘사로 가득한 세상으로 떠나게 될 것이었어요.

남매들의 눈은 무언가 좌절한 듯한 요정과 화가 나서 소리를 질러대는 수상한 남자 사이에서 시계추처럼 움직였습니다. 저건 아무리 봐도 질투하는 여자의 모습이 아니었어요. 오히려 그들을 지켜주려고 애쓰는 모습에 가까웠습니다.

"피터가 거짓말하는 것 같아." 존이 말했습니다.

"피터가 거짓말하는 것 같아." 마이클이 속삭였습니다. 생애 처음으로 말을 한 것이었어요.

"우리 마이클, 말할 수 있네! 그리고 네 말이 맞는 것 같아!" 웬디는 손뼉을 치며 이렇게 말했습니다.

"아, 미치겠네. 쟤 말은 그냥 속삭이는 소리였다고. 왜 내가 하는 말은 아무도 안 들어주는 거야?" 존이 툴툴댔습니다.

웬디는 팅커 벨을 보았고, 그녀가 창문을 가리키는 걸 봤어요. 무슨 계획인지 단박에 알 수 있었습니다. 웬디는 팅커 벨의 눈을 가만히 들여다보며 "알겠어"라고 말했습니다. 팅커 벨은 고개를 끄덕였어요.

"팅커 벨이 하자는 대로 해." 피터 팬에게 향하기 전, 웬디는 동생들에게 말했습니다. 그리고 피터 팬에게 가서는 부드러운 목소리로 이렇게 말했어요.

"피터, 쟤도 데려가야 해? 팅커 벨은 두고 가면 안 될까?"

피터 팬의 눈에 불이 붙었습니다. 그리고 팅커 벨에게 잔인한 눈빛을 쏘며 대답했습니다.

"그래, 웬디. 네 말이 맞아! 이런 애는 그냥 두고 가도 돼!"

그렇게 말한 뒤, 피터 팬은 웬디의 손을 쥐고 4층짜리 건물의 창문으로 향했습니다.

"가자, 웬디! 날아가는 거야! 오른쪽에서 두 번째 별, 직진하면 아침까지는 도착!" 피터 팬은 용맹하게 소리쳤지만, 웬디는 함께 창밖으로 뛰어오르기 직전에 그의 손을 놓아버렸습니다.

두 사람은 위태롭게 창가에 서 있었어요. 웬디의 동생들과 팅커 벨은, 웬디의 잠옷을 꽉 쥐고 그녀를 방 안으로 끌어당겼습니다. 피터 팬은 팔을 풍차처럼 빙빙 돌리며 날아오르려 했지만 소용없었어요. 팅커 벨이 마법 가루를 뿌려주지 않았으니까요. 중력이 정의를 구현했습니다.

"마법 가루를 깜빡했지?" 4층에서 떨어지는 피터 팬을 보며, 팅커 벨은 의기양양하게 소리쳤습니다. 그의 두개골이 바닥에 부딪혀 박살이 났고, 피범벅이 되어 쪼개진 뇌 덩어리가 달링 가족의 현관 앞을 어지럽게 장식했어요.

남동생 두 명은 아래를 보며 겁에 질렸습니다.

"자, 얘들아. 저게 너네가 여자에게 거짓말하면 안 되는 이유란다." 웬디가 말했습니다. "그리고 내가 항상 엄마 아빠한테 우리도 방범창 좀 달자고 하는 이유야."

나를 지키는 건
나야,
「미녀와 야수」

BEAUTY AND THE BEAST &
THR OTHER KIDNAPPED WONEN YOU
HAVEN'T HEARD ABOUT

1

옛날 옛적에, 당차고 활달한, 젊은 백인 여자가 살았어요. 이름은 벨이었고, 프랑스 시골에서 아버지와 같이 살았답니다. 벨의 아버지는, 사람은 참 좋은데 길눈이 어두웠고 탈모가 심했어요. 동화에 등장하는 대머리 남자는 크게 두 부류로 나뉘지요. 흉포한 악당이거나 사랑스러운 멍청이. 벨의 아버지는 후자에 속했습니다. 벨 역시 마을 사람들에게 많은 사랑을 받았어요. 사교성도 좋고 똑똑하기로 유명했지요. 마을 사람들 모두에게 "봉주르!"라고 외치고 다녔고, 마을에서 유일하게 시계를 볼 줄 아는 소녀였습니다.

어느 날, 벨의 아버지는 숲속에서 길을 잃었습니다. 사람이 얼마나 길치이면 그런 일까지 겪을까 싶지만, 그는 야수가 소유한 성의 땅을 지나가다가 무단 침입했다는 죄목으로 성에 갇혔어요.

그런데 이 휘황찬란한 성을 소유한 야수는 도대체 누구일까요? 모든 일은 몇 년 전에 한 마녀가 실험을 하면서 시작됐어요. 마녀는 왕자의 인간성을 테스트하기 위해 거지로 변신했고, 폭풍우가 치는 밤에 왕자의 성을 찾아가 하룻밤만 재워달라고 부탁했지요. 왕자는 거절했습니다. 그리고 그 대가로 내면 그대로의 외모를 갖게 되었어요. 추악한 얼굴과 끔찍한 몸뚱어리 그리고 악성 내성 발톱까지 갖게 된 거였습니다.

마녀의 저주는 그게 끝이 아니었습니다. 왕자의 성에서 일하는 모든 하인이 움직일 수 있는 주방 용품과 가구로 변신하게 됐습니다. 하인들이 무슨 죄냐 싶겠지만, 세상 이치란 게 그렇습니다. 이기적이고 돈과 권력을 꿰찬 남자들이 할 줄 아는 거라고는 대개 주위 사람들과 함께 망조의 길로 접어드는 것뿐이니까요.

벨의 아버지가 집에 돌아오지 않자, 벨은 아버지를 찾아

나섰습니다. 성을 찾아냈고, 아버지 대신 성에 갇히기로 했어요. 동네에서 힘 좋기로 유명한 녀석 하나가 벨을 구하겠다고 찾아가기도 했습니다. 하지만 벨은 그의 볼품없는 엉덩이가 마음에 들지 않아 거절했어요. 이해하기 어려운 이야기지만, 18세기 문학이니 그러려니 해야 합니다.

하지만, 혹시 알고 있나요? 이 동화에는 여러분이 한 번도 들어본 적 없는 이야기가 있다는 걸 말이죠. 사실 이런 일을 겪은 왕자들은 한 명이 아니었어요. 마녀는 왕국의 다른 왕자들도 시험했습니다. 그 결과 마녀를 성으로 들이지 않은 왕자들은 모두 저주를 받았습니다.

얼마 지나지 않아 왕국에서는 야수의 성을 여럿 찾아볼 수 있게 되었습니다. 물론 그 성들에는 말하는 가정 집기들이 가득했고요. 이렇게 보면, 인간성 나쁜 왕자들이 많은 건 구조적인 문제인 게 분명하지요. 왕족들이 서로 뭘 보고 배우겠어요?

이 야수들에게는 특징이 있습니다. 다들 납치하는 걸 좋아해요. 자기들 땅에 실수로 발을 들인 사람은 죄다 잡아 가뒀습니다. 그 말은 즉, 모험을 즐기는 여자들은 누구든 야수에게 납치당할 수 있었다는 말이죠. 상쾌하게 조깅을 하거나, 아니면 밖에서 한잔할 만한 공간을 새로 찾아다니는 것만으로도 위험에 처할 수 있었습니다.

야수에게 납치당한 여자들이 정말 많았는데, 아마 여러분이 들어본 사람은 딱 한 명뿐일 거예요. 예쁜 백인 여자, 벨 말이지요.

그래서 이번에는 다른 납치 피해자 이야기를 해보려고 합니다. 왜 다른 사람 이야기는 알려지지 않았냐고요? 세상 이치란 게 그렇다니까요. 곧 알게 되겠지만, 동화 세계에서 납치를 다루는 방식이 현대 미디어가 납치를 다루는 것과 닮아 있어 그렇습니다.

2

또 다른 옛날 옛적에, 대담하고 똑똑한, 젊은 흑인 여자가 살았어요. 이름은 자밀라였고, 프랑스 시골에서 가족들과 같이 살고 있었답니다. 인자한 어머니와 올곧은 아버지, 따뜻하고 귀여운 남동생과 함께요. 자밀라는 마을의 양궁 팀에서 주장을 맡고 있었고, 최근에는 진저브레드하우스 만들기 견습생 자격도 취득했습니다.

어느 날, 자밀라는 조깅을 하다가 평소와는 다른 길로 접어들었고, 눈부시게 아름다운 식물원 같은 곳에 당도했습니다. 불행하게도 그곳은 야수의 성 앞뜰이었어요. 그 야수의 이름은 빅터였습니다(야수가 되기 전의 이름은 '빅터 에드워드 조지 팔스 윌리엄 알버트 헨리 존 필립 아치 8세'였어요).

야수 빅터는 자밀라를 성 뒤쪽으로 끌고 갔습니다. 그리고 지하 감옥에 가둬버렸지요. 전형적인 야수들의 행동 패턴이었습니다.

"넌 절대로 집에 돌아갈 수 없다!"

야수 빅터는 그렇게 말했는데, 사람 납치해놓고서 하는 말이 너무나 뻔했어요. 자밀라는 야수가 굳이 왜 이런 얘기를 하는지 한심하다고 생각했습니다.

그로부터 며칠간, 자밀라는 눅눅해진 크럼핏 빵과 희뿌연 물을 먹어야 했습니다. 배불리 먹을 수 없었지요. 다행히도 지하 감옥에 있는 집기나 용품들이 먹을 만한 음식을 조금씩

품고 있었습니다. 그래 봐야 케첩, 사탕, 감자 칩 따위의 보잘것없는 음식이었지만요.

야수가 아직 미혼이고, 그의 요리사였던 사람이 지금은 치즈 가는 강판으로 변해버렸기에 그 정도 음식이 최선에 가까웠습니다.

자밀라는 집기들과 친해졌습니다. 다육식물(전직 정원사), 술집 카트(전직 바텐더), 발깔개(전직 방문 판매 영업 사원)가 자밀라의 새 친구가 되었어요.

그중에 술집 카트는 특히 지하 감옥에 몰래 내려오는 데 애를 먹었는데요. 뭔가를 가득 싣고 다니는 데다가, 바퀴 달린 몸으로 계단을 오르내리기란 쉬운 일이 아니기 때문이었습니다. 그래도 오후에는 야수 빅터가 매일 등 털을 미는 덕분에 계단을 쾅쾅 내려올 수 있었습니다. 그 끔찍한 꼴이 되었는데도 빅터는 여전히 허영심 많은 왕자 행세를 하고 있었던 거지요.

자밀라는 누군가가 자신을 구해주기를 바랐지만, 그럼에도 여기 있는 동안 함께할 친구들이 있다는 게 작은 위안이 되었습니다.

한편, 마을에서는 자밀라의 가족이 사람들의 관심을 끌어 보려고 애를 쓰고 있었습니다. 그런데 문제가 하나 있었어요. 바로 언론이 전혀 관심을 주지 않는다는 거였습니다.

「타운 위클리」와 「굿모닝 킹덤」 「농부와 친구들」은 모두 특정 여성에 대해서만 헤드라인을 할애하고 있었습니다.

벨, 실종되다!

벨 실종 사건에 관한 놀라운 사실들

남자들의 시선에서 완전히 사라져버린 벨, 그녀는 어디로?

"이건 완전히 편향된 보도잖아!" 자밀라의 어머니는 허탈하고 화가 난 마음에 신문을 땅바닥에 던져버렸습니다.

"백인 여자가 실종될 때면 항상 이런 식이지. 예쁘고 젊고 중산층 출신의 백인 여자가 사라졌다 하면 언론은 아주 신이 나서 춤을 춘다고."

"우리 애에 대한 기사는 없나?" 자밀라의 아버지가 말했습니다.

"여기 있네요!" 자밀라의 남동생이 「슈팅 스타」라는 이름의 타블로이드 신문을 가리키며 말했습니다. 그 신문에서도 자밀라에 관한 기사는 귀퉁이에 조그맣게 실려 있었어요.

자밀라의 아버지가 신문을 들고 읽어나갔습니다.

"실종된 다른 여성, 자밀라. 짧은 반바지에 스포츠 브라 차림으로 조깅하던 중 실종. 좋지 않은 사람들과 어울리다 위험을 자초한 것으로 추정되며, 한 정보통에 따르면 평소에도 괴물들과 가까운 사이로 지냈다는 얘기가 들림."

"장난하나! 아무 잘못 없는 피해자한테 이렇게 책임을 뒤집어씌운다고?"

자밀라의 어머니가 소리쳤고, 남동생도 맞받아 말했습니다. "우리 같이 신문사를 찾아가 따져요! 지금 당장!"

똑똑똑!

"지금 뭐 하자는 겁니까?" 편집장이 밖으로 나오자, 자밀라의 아버지가 외쳤습니다. "당신네들은 우리 딸애에 대해 아무 보도도 안 했잖소? 다른 유색인종 애들에 대해서도 마찬가지고. 바로 유색인종이라는 그 이유 때문에!"

"이봐요, 우리는 돈이 되는 걸 쓸 수밖에 없어요. 독자들이 읽고 싶은 것만 읽겠다는데 그걸 내가 어쩝니까?"

"말 같지 않은 소리 하고 있네." 자밀라의 어머니가 말했습니다.

"당신들은 언론이잖아요! 뭐가 중요한지 사람들한테 전달하는 게 당신들 할 일 아닌가요? 피해자 피부가 까맣다고 기사를 안 쓰면, 그럴수록 인종차별은 심해지고 그걸 해결해야 할 당국 관계자들도 손 놓게 되는 거라고요!"

"아주머니, 우리도 먹고 살기 힘듭니다. 아무도 관심 없는 기사를 쓰면 광고주들이 귀신같이 알고 떠난다고요. 우리 왕국 사람들의 기사 읽는 취향까지 제가 어찌할 수 있는 게 아닙니다."

그러자 자밀라의 아버지가 말했습니다. "다양한 기사를 쓰면 그걸 중요하게 여기는 사람도 늘어날 테고, 그러면 수익도 자연스레 따라올 거라는 생각은 안 해봤습니까? 아, 아니면 당신네 기자들이 다양한 기사를 쓸 생각이 없는 겁니까? 백인 여자 앞에서만 기사도 정신을 발휘하는 백인 놈들

밖에 없어서?"

"적당히 좀 합시다. 나 혼자서 세상을 어떻게 고쳐요?"

편집장이 대꾸했습니다. 그러고는 이렇게 덧붙였어요. "말이 나와서 말인데, 혹시 벨 아버지랑 아는 사이십니까? 자식 실종된 사람들끼리 모이는 모임 같은 거 없어요? 그 양반이 우리한테 말을 한 마디도 안 해주는데, 혹시 기회 되면 여기 한번 들러달라고 말해주시면 안 됩니까? 한두 줄 쓸 정도면 충분한데."

"됐습니다!"

자밀라의 남동생이 외쳤습니다. 그리고 온 가족은 등을 돌려 신문사 문을 쾅 닫았지요.

한편, 야수의 성에서는 자밀라가 중요한 사실을 깨닫고 있었습니다. 그 누구도 그녀를 구해주지 않을 거라는 사실 말이죠. '아, 미치겠네'라고 자밀라는 생각했습니다.

자밀라는 어느 날 집기 친구들에게 이렇게 물어봤습니다.

"얘들아, 혹시 나랑 같이 여기 탈출할 생각 있어? 내가 계획은 다 세워놨는데, 너희 도움이 필요해."

"좋지!" 다육식물이 말했습니다. "탈옥 이야기야말로 우리가 제일 좋아하는 이야기라고 할 수 있지. 내가 필요한 장비들을 찾아볼게!"

그리하여 그들은 탈출에 필요한 장비들을 모으기 시작했습니다. 스카프 874장, 고무줄 1팩, 막대 몇 개. 자밀라가 원래 이렇게 엉성한 장비를 원했던 건 아니었죠. 하지만 이게 삽, 밧줄, 활과 화살보다는 덜 의심스럽기는 했습니다.

그 다음 단계는 훈련하는 것이었지요. 집기들은 근육질 몸짱이 될 필요가 있었습니다.

술집 카트는 성의 복도에서 전력 질주를 연습했습니다.

다육식물은 웨이트 트레이닝을 하고 식물용 단백질을 섭취했지요.

그리고 평생 헤엄이라곤 쳐본 적 없는 발깔개는, 물에 익숙해지기 위해 손님방의 양철통 물에 몸을 적셨어요. 몇 주 동안 그렇게 운동을 하고 나니 그들은 탈출할 준비를 마칠 수 있었습니다.

"내일, 우린 여기를 뜬다." 자밀라가 말했습니다.

운명의 날, 야수 빅터는 날마다 하는 등 털 밀기를 시작했습니다. 자밀라는 그 요란한 면도기 소리를 듣자마자 집기 친구들에게 사인을 줬어요. 지금이다!

자밀라는 침대를 옆으로 밀어서, 나무 숟가락으로 몰래 파놓았던 구덩이를 드러냈습니다. 안으로 기어 들어가 정원으로 나올 수 있었어요. 그곳에서 신선한 공기를 한숨 가득 마신 뒤, 수풀 뒤로 숨어 호흡을 가다듬었습니다. 다음 행동을 취하려고 동태를 살피는 것이었어요.

자밀라는 근처의 나무로 재빨리 몸을 옮겼고, 나무 기둥을 타고 올랐습니다. 짚라인을 손수 만들어서 술집 카트와 함께 허공을 갈라 성문 너머로 건너갈 계획이었습니다. 그녀는 874장의 스카프를 묶어 만든 줄을 화살에 묶었어요. 활과 화살은 막대와 고무줄로 만든 것이었는데, 역시 활쏘기 훈련에는 헛돈 쓴 게 아니었습니다. 자밀라는 화살 하나를 술집 카트가 기다리고 있는 성의 탑으로 쏘았고, 다른 화살 하나는 성문 너머의 나무로 쏘아서 커다란 스카프 짚라인을 만들었습니다.

그러고는 술집 카트에게 신호를 주었어요.

"준비!" 술집 카트는 싣고 있는 유리 그릇들을 꽉 붙잡은 뒤 짚라인에 거꾸로 매달렸습니다. 그리고 자밀라가 있는 나무를 향했어요. "와우우우!"

하지만 술집 카트가 자밀라를 낚아채고 성문 너머의 자유에 당도하기 직전, 야수 빅터가 밖으로 뛰쳐나와 최대한의 속도로 그들에게 뛰어올랐어요. 야수란 존재들은 체육관에 있는 흔한 남자들과 마찬가지로 절대 하체 운동을 빼먹지 않았지요.

그래도 걱정할 건 없었습니다. 자밀라에게는 그를 떼어낼 계획까지 있었으니까요. 그녀는 주머니에 손을 넣어, 다육식물이 길러낸 따가운 가시들을 야수에게 던졌습니다. 닌자가 작은 수리검을 던지듯 말이에요. 가시들은 야수의 털 난 팔뚝을 베었고, 야수의 속도는 아주 조금 느려졌습니다. 자밀라는 간신히 술집 카트에 몸을 실었습니다. 그들은 곧장 야수의 머리 위로 날아 성문을 향해 날아갔습니다.

성문을 거의 다 넘었을 즈음, 스카프 중 하나가 느슨해졌고 곧 짚라인이 끊어져버렸습니다. 자밀라와 술집 카트는 땅바닥으로 곤두박질쳤어요. 그들이 뒤를 돌아보자 미친 듯이 쫓아오는 야수가 바로 보였습니다.

"뛰어, 뛰어, 뛰어!" 술집 카트가 외쳤습니다. "할 수 있어!"

자밀라가 성문을 오르기 시작하자, 술집 카트는 우뚝 서서 자신이 갖고 있는 모든 값비싼 유리 제품들을 야수의 머리로 던져댔습니다. 묵직한 유리 덩어리 하나가 야수의 미간에 정통으로 맞았고, 그 충격에 야수는 눈을 사팔뜨기로 떴습니다. 그의 눈에는 자밀라가 열 명으로 보였어요. 균형을 잃고 비틀거리다 보니 그중에 누굴 쫓아야 할지 알 수 없게 됐습니다.

자밀라는 끊어진 짚라인 줄을 타고 성문을 넘어가 달렸습니다. 하지만, 젠장! 그녀가 몇 달 전에 조깅하던 도개교가 지금은 위로 올라가 있었어요. 그래도 괜찮았습니다. 자밀라에게는 그 다음 계획이 있었으니까요. 그녀는 외투 안에서 발깔개를 꺼냈습니다.

"아, 미치겠네. 이 계획까지 쓸 일이 없길 바랐는데. 이거 양동이 물보다 훨씬 더 무섭네." 발깔개는 그렇게 말하며 훌쩍거렸습니다.

"할 수 있어, 발깔개." 자밀라가 옆에서 북돋아주었습니다. 발깔개는 고개를 끄덕였어요.

자밀라가 그를 해자의 차가운 물에 던졌고, 그 위에 올라섰습니다. 그리고 가까운 곳에 있던 막대를 하나 집어서 노를 저었습니다. 발깔개는 불평 한마디 하지 않았어요. 왜냐하면 진정한 친구란 거친 풍랑이 올 때 함께 헤쳐나갈 수 있는 존재니까요.

그들은 맞은편에 도착해 고개를 들었습니다. 저 멀리, 마을이 보였어요. 탈출 성공이었습니다!

한 시간쯤 지나 자밀라는 집으로 뛰어 들어갔고, 곧바로 가족의 품에 안겼습니다. 가족은 여전히 그녀를 기다리고 있었어요.

자밀라의 가족은 곧 술집 카트와 다육식물을 만날 수 있었습니다. 다른 주방 집기들도 자밀라가 파놓은 터널을 통해 탈출에 성공할 수 있었거든요. 그들은 새 물건들로 마을을 아름답게 가꾸어 주었습니다. 철 지난 인테리어의 신문사만 빼고 말이지요. 야수 빅터는 가구 하나조차 없는 성에서, 혼자, 등에는 털이 엄청 수북한 채로 살아가야 했습니다.

이 모든 이야기를 듣고 나서, 여러분은 왜 동화 속에서 납치된 여자라고는 한 명밖에 보지 못했는지 궁금할 거예요. 왜 스톡홀름 신드롬에 빠져서 자길 납치한 야수랑 눈싸움이나 하며 나름 행복하게 살아가는 그 여자의 이야기밖에 들을 수 없었는지.

그건 우리도 마찬가지랍니다.

왕자에게 키스하기
싫은 공주도 있지,
「완두콩 공주」

SOME PRINCESSES

ARE GAY

어느 나라에 공주와 결혼하고 싶은 왕자가 살았습니다. 왕자의 아버지 역시, 왕자가 공주와 결혼해야만 왕위를 물려주겠다고 밝힌 바 있었어요.

하지만 아무 공주하고나 결혼해도 된다는 얘기는 아니었습니다. 왕자의 배필은 똑똑하고 머릿결도 좋아야 하고, 자신의 스타일을 블로그로 공유해 다른 사람들에게 영향력을 행사할 줄도 알아야 했죠. 그 모든 조건을 충족한 공주에게 왕자가 빠져든다고 해도, 결정적으로 특별한 테스트가 하나 남아 있었지요. 바로 공주가 얼마나 섬세하고 예민한지 알아내는 테스트였습니다. 침대 밑에, 다시 말해서 스무 개의 매트리스와 스무 개의 스펀지 패드 아래에 완두콩 하나를 넣어 두고, 그걸 알아챌 수 있는지 확인하는 것이었어요.

이 바보 같은 테스트에는 문제가 여럿 있었습니다. 무엇보다 섬세함과 예민함은 남성 지도자에게는 요구되지도 않는 것이었어요. 게다가 완두콩이라니. 향기 좋은 블루베리를 두고 완두콩을 쓴다는 것도 이해할 수 없는 문제였습니다.

하지만 이 테스트는 왕실 집안이 후손에게 물려준 관습이었으므로 그 누구도 문제를 제기할 수 없었죠.

왕자는 여러 공주와 데이트 어플로 채팅도 하고 만나서 이야기도 해봤지만, 그들 중 누구도 저녁 식사까지 함께하려고 하진 않았어요. 왕과 왕비의 걱정은 나날이 깊어갔습니다. 심지어 왕비 친구 실비아의 버릇없는 딸까지 신붓감으로 고려할 정도였어요.

그러던 어느 밤, 거센 폭풍이 왕국을 휩쓸었습니다. 왕자는 시종 몇 명과 함께 성 안에서 게임을 하고 있었어요. 따뜻한 와인도 한잔하면서 말이죠. 그때 누군가가 성문을 두드렸습니다. 왕자가 문으로 달려가보니, 웬 젊은 여자가 서서 비를 맞고 있었습니다.

"하룻밤만 머물 수 없을까요? 태풍이 멎을 때까지만요. 사실 저는 공주예요. 우리 왕국으로 돌아가던 중이었는데, 말이번개에 놀라 달아나버렸어요." 공주는 성 안의 시종들을 보았습니다.

"〈던전 앤 드래곤〉 하고 있어요? 나도 참 좋아하는 게임인데. 우리 성에서는, 진짜 던전에서 실제 반려 드래곤을 풀어놓고 같이 해요. 그게 더 짜릿하거든요."

그들은 여러 게임을 함께하면서 놀았습니다. 어느 낚시 학교에 다녔는지, 어느 밴드를 좋아하는지 이야기하기도 했지요. 두 사람은 같은 밴드를 좋아했는데, 연주하면서 만돌린에 주문을 거는 마법사들로 구성된 인디 밴드였습니다.

왕자는 자신에게 찾아온 행운을 믿을 수 없었지요. 공주는 재밌고 똑똑했으니까요. 함께 있으면 시간 가는 줄 몰랐습니다. 옆방에서 그 상황을 몰래 듣고 있던 왕과 왕비는, 결국 들뜬 마음을 감추지 못했습니다.

"우리는 신경 쓰지 말고 좋은 시간 보내렴!" 왕비가 칠면조 다리 스낵을 한 사발 담은 채 방으로 들어왔습니다. 공주를 한번 제대로 보고 싶었던 것이지요.

"그저 뭔가 먹을 게 좀 필요할 것 같아서 말이야."

"야, 시종들. 너네는 눈치 좀 챙기고 빠져라."

왕은 그렇게 말했습니다.

왕자는 공주를 찬찬히 보며 조건에 들어맞는지 가늠해보았습니다. 폭풍을 뚫고 왔는데도 공주의 머릿결은 아주 좋아 보였어요. 왕자를 게임으로 여러 번 이기는 걸 보니 머리도 좋은 게 분명했고요. 검색해보니 공주는 자기 블로그도 운영하고 있었습니다. 매일 아침 성 밖에 두루마리를 내걸어 포스팅하는 식이었지요. 정말이지 완벽한 신붓감이었습니다.

이제 대망의 완두콩 테스트가 남아 있었습니다. 왕과 왕비는 조그만 완두콩을 손님방 침대 아래에 놓았고, 스무 개의 매트리스와 스무 개의 스펀지 패드를 모아 그 위에 쌓았습니다. 그들은 공주가 잠자리를 불편하게 여기기를, 공주가 꼭 테스트를 통과하기를 바랐어요.

왕자와 공주는 서로에게 잘 자라는 인사를 남긴 뒤, 각자의 방으로 향했습니다. 공주는 몸을 누이기 위해 기다란 사닥다리를 올라야 한다는 게 기괴하다고 생각했습니다. 하지만 뭐, 이런 게 이쪽 왕국에서 유행하는 스타일일지도 모른다고 생각했습니다. 아니면 바퀴벌레가 자꾸 나와서 그런지도 모르는 거고요.

아침이 되었고, 가족들은 식당에 모여 공주가 깨어나기를 기다렸습니다. 공주는 과연 완두콩 테스트를 통과할까요? 스무 개의 매트리스와 스무 개의 스펀지 패드 아래의 작은 완두콩을 알아챌 만큼 섬세한 여자일까요? 그러니까, 이 공주가 그들이 그렇게 찾고 또 찾던 운명의 상대일까요?

마침내 공주가 식당으로 들어왔습니다. 그녀는 선명한 다크 서클을 눈 밑에 달고, 입을 쩍 벌려 하품을 했어요.

"이쪽 왕국에서도 커피 마시나요? 그렇다면, 저 에스프레소 좀 주실 수 있으신지요. 샷은 네 번 넣어서요."

"잠자리가 불편했던 모양이구나." 왕비가 들뜬 채 물었습니다.

"침대에 무슨 문제가 있었니?" 왕도 한마디 질문했지요.

평소 같았다면 공주는 불평을 늘어놓지 않았을 테지만, 아무래도 왕과 왕비가 비정상적으로 높이 쌓아둔 침대에 대해 솔직한 평가를 바라는 것 같았습니다.

"쿠션이 여러 겹 있으니 더 편안할 거라 생각하신 모양입니다만, 솔직히 그렇지 않았습니다. 거대한 돌덩이가 제 허리를 간밤 내내 찌르는 것 같았어요."

"만세!" 왕자가 외쳤습니다.

"테스트를 통과했어! 사실 우리가 당신 침대 밑에 완두콩을 놓아두었소. 그걸 느낄 수 있나 보려고 말이오. 그리고 당신은 해냈지! 나와 결혼해주겠소?"

"아, 그러면 바퀴벌레가 있는 건 아니었구나. 그런데 싫어요. 저는 동성애자라서."

"뭐라고?"

"여자를 좋아한다고요. 특히 갈색 눈에 광대뼈가 바위라도 벨 것처럼 솟은 타입을. 이건 당신과 결혼하지 않으려고 꾸며내는 얘기가 아니에요."

"그럴 리가 있나. 이렇게 멀쩡해 보이는데."

왕이 말했습니다.

"네, 저는 멀쩡해요. 매트리스를 40개 쌓아놓은 건 제가 아니잖아요."

"그렇지만 너는 완두콩을 느낄 수 있었잖니!" 왕비가 외쳤습니다. "그럼 섬세하고 예민하단 거잖아. 내가 아는 이성애자 공주들처럼 말이야. 실비아의 버릇없는 딸년 빼고는 다들 그렇다고."

"와……. 그러면 레즈비언 공주는 어떨 거 같은데요?"

공주는 이맛살을 구기며 물었습니다.

"물어보는 기색을 보아하니 대답 안 하는 편이 나을 것 같구나."

"여자를 좋아하는지 어떻게 안단 말이냐?" 이번에는 왕이 물었습니다.

"그냥, 항상 알았어요." 공주는 차분하게 설명했습니다. 이런 질문을 처음 받는 게 아니었으니까요.

"하지만……. 어떻게?"

"침대 밑에 완두콩을 넣어둔 거랑 비슷하죠. 뻔하잖아요."

"하지만 한 번도 왕자랑 함께해본 적이 없는데, 싫은지 어떻게 안단 말이냐?" 왕비가 물었습니다.

"개구리랑 키스하기 싫다는 걸 꼭 실제로 해봐야 알 수 있나요?"

"아, 그냥 이건 내 사촌 얘긴데, 그 친구는 개구리한테 키스해보니까 되게 좋은 일이 생겼다고 하던데요." 왕자가 말했습니다.

"나도 그 얘기는 들었어요. 약간 주제에서 벗어난 예시인 것 같네요. 내 말은, 내가 왕자에게 키스하고 싶지 않다는 것쯤은 스스로 잘 안다는 말이에요."

"아니, 그러면 왕권은 누구에게 물려준단 말이냐? 네가 여자를 좋아한다고 해서 왕권이 이렇게 끝나서는 안 된다." 왕이 말했습니다.

"제가 정말 좋아하는 다른 공주가 생긴다면, 그때 결혼할 거예요. 결혼해서 나라를 다스리고, 우리가 준비가 되면 어떤 가정을 꾸릴지 결정할 거예요. 세상에는 여러 형태의 가족이 있으니까요."

"음, 그런 생각은 한 번도 해본 적이 없구나"라고 왕비가 말했습니다.

"맞아, 우리가 아직 동성애자 왕비를 본 적이 없으니 말이지"라고 왕이 말했습니다.

"글쎄요, 만나보셨는데 모르고 계실 수도 있겠죠. 요즘엔 대중 매체에 동성애 얘기가 많이 나오다보니 사람들이 폭력과 차별도 없어진 줄 아는데, 그렇지는 않으니까요."

"우리 부모님께 많은 걸 설명해줘서 고맙소. 고향으로 돌아가기 전에 우리 같이 게임이나 더 할 수 있을까요? 음악을 들어도 좋겠고." 왕자가 말했습니다.

공주는 그 말에 이렇게 대답했어요. "물론이죠. 그런데 한 가지만 더 말씀드릴 게 있습니다. 완두콩이 어쩌고, 그 테스트는 이제 안 하시는 게 어떨까 싶네요. 자다가 몇 번은 떨어질 뻔했습니다. 너무 위험해요. 그리고 그 테스트로 알아낼 수 있는 건, 손님이 침대에 대해 징징댈 만큼 불평이 많은 사람인지 아닌지 그 정도뿐이에요."

"생각해보니 말인데, 왜 제가 혼자 왕국을 다스리면 안 되는 겁니까?" 왕자가 질문했고, 그 말에 왕이 대답했어요.

"그런 생각을 한 번도 해본 적 없다는 것도 이상하구나. 혼자서도 할 수 있지! 우리는 그저 우리가 살아온 방식대로 하는 게 행복해지는 길이라 생각한 것뿐이야. 우리한테는 완두콩 테스트가 확실히 효과가 있었으니 말이야. 47년째 행복하게 지내고 있지 않느냐."

"근데 저는 완두콩 못 느꼈었어요." 왕비가 말했습니다.

"뭐라고?"

"당신에게 푹 빠져서 대기실에 있던 여자 한 명을 매수했던 것뿐이에요. 테스트에 대해서 알아내려고. 어쨌거나, 결과적으로 잘됐잖아요?"

"확실히 잘되기는 했지." 왕이 말했습니다.

바로 그날부터, 미래의 여성 지도자들은 얼마나 진실하고 똑똑한지, 그리고 음악 취향이 얼마나 좋은지로 평가받게 되었습니다. 왕비는 사다리를 소방서에 돌려주었고요. 완두콩도 수프에 넣을 때만 쓰이게 되었답니다.

결혼이 인생과
사랑의 완성은 아니야,
「엄지 공주」

UNDER NOBODY'S

THUMB

싱글 라이프를 고수했지만 사람들과 어울리는 건 꽤나 좋아하는 용감하고 젊은 여성이 있었습니다. 그녀의 이름은 썸벨리나예요.

수많은 싱글 중에서도 특히 독립적인 성향이었고, 동네에서 가장 몸집이 작기로도 유명했지요. 얼마나 작냐고요? 이제 그 이야기를 하려고 합니다.

이야기는 어느 노파에게서 시작됩니다. 이 노파는 은퇴한 독신 여자들이 모여 살곤 하는, 대도시에서 두 시간 거리 떨어진 작은 마을에서 홀로 살고 있었는데요. 아이를 너무나 갖고 싶어 했습니다. 그래서 동네 마녀에게 주문을 의뢰하기로 했지요. 노파가 알기로는 마법 주문이 체외 수정보다 간편했으니까요.

마녀는 노파에게 보리알 하나를 주며, 화분에 심으라고 했습니다.

"사람을 키우게 하기 전에 식물부터 잘 기르나 시험하려고 하는 모양이로군." 노파는 그렇게 혼잣말을 하며, 그녀가 여태껏 죽여온 식물들을 걱정스럽게 둘러보았습니다.

하지만 그건 기우에 불과했습니다. 노파가 화분에 정성껏 물을 주자 어느 날 꽃이 피었는데, 그 꽃 위에는 엄지만 한 젊은 여자가 앉아 있었어요.

"앞으로 네 이름은 썸벨리나다. 널 그렇게 부르겠다."

노파도 태어났을 때 램프 크기랑 비슷하다는 이유로 램피나가 되었으니, 사람 이름은 원래 다 그렇게 짓는 거라고 생각해 이름을 그렇게 지었습니다.

썸벨리나는 말하자면 마법의 힘으로 어른의 몸을 갖고 태어난 여자였어요. 유년기가 없다는 건 좋은 일이 아니었지만, 흑역사로 얼룩진 사춘기를 보내거나 심각한 중2병을 앓지 않았다는 것은 장점이었어요.

많은 청소년이 유년기를 그리워한 나머지 약물에 손을 대곤 하는데, 썸벨리나는 그럴 일 없이 노래 부르고 정원을 가꾸고 작은 호두 껍질에서 잠을 청하며 건강한 삶을 살아갔습니다.

엄마와 마찬가지로 썸벨리나 역시 한 사람에게 정착하는데 관심이 없었습니다.

친한 친구들은 모두 개구리였어요. 몸 크기가 비슷해야 서로 옷을 빌려주기 편하다보니 그렇게 된 거였지요.

개구리들은 브런치 시간에 썸벨리나의 가벼운 연애사를 재밌게 듣곤 했지만, 솔직히 제대로 된 짝을 만나 함께하는 게 나을 거라고 생각하고 있었어요. 이 남자 저 남자 사이를 폴짝폴짝 뛰어다니는 것보다는요.

어느 저녁, 썸벨리나의 친구들은 자신들이 나설 때가 되었다고 생각했습니다.

썸벨리나가 호두 껍데기 속에서 곤히 자고 있을 때, 그녀를 납치해서 자기들이 아는 싱글 남자에게 소개해주기로 했던 거예요. 이름하여 토디 맥토드라는 두꺼비였지요.

"썸벨리나, 소개팅을 시켜줄게. 재밌겠지!" 썸벨리나를 납치한 개구리들 중 하나가 말했어요.

"싱글이고, 한 여자에게 정착하고 싶어 하는 애야. 두꺼비인데 사마귀도 딱 두 개밖에 없어."

"얘들아, 내가 서프라이즈 좋아하는 건 잘 알겠지만, 나는 토디 맥토드건 투데이 맥도널드건 한 사람한테 정착할 생각 자체가 없어. 나는 지금처럼 다양한 상대를 만나고 다니는 게 좋거든. 이래도 안전하고, 충분해. 이렇게 연애하다 보면 온 동네 식당 중 어디가 뭘 잘하는지도 알 수도 있고."

"그래도 한 사람이랑 제대로 사귀게 되면 좋잖아. 그러면 우리가 그룹 데이트 할 때 네가 스페어 타이어처럼 남을 일 도 없고 말이야. 그럴 때 널 보면 얼마나 마음이 불편했는지 알아?"

"그건 그냥 너네 생각이지. 타이어고 뭐고 간에, 나는 별 상관이 없었다고."

썸벨리나가 그렇게 대꾸하자, 다른 친구가 이렇게 입을 열었습니다.

"맥토드는 괜찮은 남자야. 웃기기도 하고, 네가 만나고 다 니는 그런 철없는 애들하고는 다르다고."

"아, 그래. 그러면 철없는 애들이 내 취향인가보지. 그런데 너네도 내 연애 얘기 들으면서 재밌어했잖아? 오크 나무 펜

트하우스에 사는 라쿤이라든지, 나를 여행에 데리고 갔던 딱정벌레라든지 말이야. 이제 와서 내가 이 남자 저 남자 뒹굴며 놀았다는 식으로 말하는데, 기분이 썩 좋지는 않네."

썸벨리나는 그렇게 말한 뒤 근처의 연잎에 올라탔습니다. 그러고는 친구들에게 피스 사인을 해 보이고는 물결을 따라 멀어졌지요.

"난 이제 간다."

"나중에 한 남자한테 정착하고 나면, 그땐 우리한테 고맙다고 할 거야!" 친구들은 썸벨리나의 등에 대고 꽥꽥댔어요.

물결은 거셌고, 썸벨리나는 금세 집에서 몇 마일이나 떨어진 곳으로 흘러갔습니다. 연잎을 강가로 몰아가 쉴 곳을 찾으려 했지만, 그녀가 있는 곳은 숲속이었어요. 상황이 좋지 않았습니다. 예전에 한번 호텔 예약을 깜빡하고 휴가를 떠난 바람에 다람쥐의 벌레 들끓는 둥지에 머문 적이 있었는데, 그때보다 더 안 좋은 상황이었어요.

곧 그녀는 나무 그루터기에서 작은 문을 발견했습니다. 엄마가 분명히 낯선 사람을 주의하라고 말했건만, 새까맣게 잊어버리고 그 문을 똑똑 두드렸어요.

문이 열리자 그곳에는 생쥐 한 마리가 서 있었습니다.

"어머, 어서 들어오렴! 가엾기도 해라. 쫄쫄 굶었겠구나!"
생쥐는 그렇게 말하고 나서 자신을 '생쥐 아줌마'라고 소개
했습니다.

썸벨리나는 좋은 음식과 따뜻한 환대에 감사할 따름이었
습니다. 생쥐 아줌마는 자신의 작업실을 자랑할 사람이 생겼
다는 데 감사했지요. 아줌마는 거기서 시장에 내다 파는 허
리 가방을 만들고 있었습니다.

하지만 며칠이 지나자, 생쥐 아줌마는 썸벨리나가 싱글이
라는 게 못마땅해지기 시작했어요.

다른 아줌마들과 마찬가지로, 생쥐 아줌마가 잘하는 일은
크게 세 가지였거든요. 바로 80년대 스타일 옷을 선물하거
나, 계란 요리를 하거나, 다른 사람의 연애사에 좀 심하다 싶
을 정도로 간섭하는 것이었지요.

"이해가 안 된다. 너는 예쁘고 똑똑하고, 우리 쥐들이랑은
다르게 색깔도 볼 수 있잖니. 사람이건 동물이건 누구나 너
를 사랑하지 못해 안달일 텐데!"

"저는 혼자인 게 좋아요. 대자로 누워 자는 게 좋고, 집에

서 화장실 문 열어놓고 볼일 보는 것도 좋고, 제가 먹다 남긴 게 냉장고에 그대로 남아 있을 거라는 점도 좋아요. 누굴 기다릴 필요도 없이 책에 빠져서 시간 보내는 것도 좋고요."

생쥐 아줌마는 썸벨리나의 설명이 성에 차지 않았습니다. 뻔한 사고방식에 사로잡혀 있었거든요.

아줌마는 독신 여자들이 자기가 뭘 원하는지 모르는 것뿐이라고 생각했어요. 그래서 그 이튿날, 아줌마는 저녁 식사에 손님을 들이기에 이르렀습니다.

"오, 두더지 씨! 어쩜 이렇게 딱 좋은 때에 찾아오셨어요!"

말은 그렇게 했지만 생쥐 엄마의 발연기는 눈뜨고 보기 힘든 수준이었어요.

"당신이 초대했잖아요." 두더지 씨가 말했습니다.

"당신이 그랬잖아요. 집에 진짜 예쁘고 젊은 여자애가 한 명 머물고 있는데 좀 와보라고. 그래서 온 겁니다. 물론 우리 두더지들은 빛과 움직임밖에 볼 수 없지만, 그래도 난 예쁜 여자 만나는 걸 좋아하니까."

"아, 어쨌든, 썸벨리나! 이분은 두더지 씨야. 벨벳 재킷을 입는 분이시지. 너도 알겠지만, 벨벳 재킷은 근사한 문화인들만

입는 옷이란다. 내 생각에는 두 사람이 아주 잘 맞을 것 같아. 또 누가 아니? 이러다가 결혼해서 너의 그 우울한 독신 생활이 끝나게 될지 말이야."

"아니, 결혼 안 한 건 두더지 씨나 저나 마찬가지잖아요. 그런데 왜 저보다 20년은 더 산 것 같은 저분은 독립적이고 교양 있다고 보면서, 저는 우울한 사람이라고 하는 거예요?"

"애는. 원래 다른 거란다. '남자는 와인'이라는 말도 못 들어봤니? 너는 이제 황금기를 떠나보내고 있는 거고."

두더지 씨는 그때부터 두 시간 동안, 그가 소장한 예술품들에 대해, 여름에 두더지 집을 리모델링할 계획에 대해, 그리고 그가 왜 고구마를 좋아하는지에 대해 하등 쓸데없는 소리를 지루하게 떠들었습니다.

"아, 저는 고구마도 싫어하고, 무엇보다 연애를 하든 하지 않든 그런 일로 제 가치를 판단하지 않으니까 나한테 헛수고할 필요 없어요."

두더지 씨가 떠난 뒤, 썸벨리나는 침대에 몸을 둥글게 말고 누워 울기 시작했습니다.

귀찮은 일이 자꾸 생기는 데다 샤워실 수압도 낮은, 좋을

게 하나 없는 생쥐 아줌마의 집을 떠나고 싶었지만, 혼자서 그 먼 길을 돌아 집으로 갈 수는 없었거든요.

그때, 참새 한 마리가 썸벨리나에게로 날아왔습니다. 근처에서 나무 열매를 쪼아 먹다가 방금 전의 끔찍한 데이트 현장을 엿듣게 됐던 친구였어요. 참새가 썸벨리나에게 말했습니다.

"친구야, 넌 여기 지내기에는 아까운 사람이야. 저 찐따 같은 두더지 아재, 시끄러운 생쥐 아지매랑 여기서 뭐하고 있는 거야? 우리 참새들은 한번 결혼하면 평생을 함께하지만, 다른 동물들이 그러지 않는다고 해서 뭐라고 하지는 않아."

"그거 마음에 드네."

"얼른 여기서 나가자. 썸벨리나, 내 등에 타서 같이 날아가자. 집까지 데려다줄게!"

썸벨리나는 참새의 등에 탔습니다. 그리고 깃털을 꽉 붙잡았어요. 그들은 숲 위로 날아올랐습니다. 그렇게 날아가던 도중, 참새는 볼일을 보기 위해 누군가의 꽃 정원에 내려앉았습니다. 참새는 날아가던 도중에 다른 사람의 머리에 대고 볼일을 보는 건 예의가 아니라고 생각했거든요.

썸벨리나가 기다리고 있는데, 웬 자그마한 남자가 장미 덤불을 헤치고 나타났습니다.

키와 체격이 썸벨리나와 딱 맞았고, 등에는 날개를 달고 있었습니다. 그는 왕자였어요!

"혹시 첫눈에 반한다는 말을 믿으십니까? 아니라면, 제가 그저 당신을 지나쳐 날아가야 할까요?" 왕자가 윙크를 하며 물었습니다.

"뭐라고요?"

"저는 왕자 요정입니다. 당신과 결혼하기로 지금 막 마음을 먹었어요!"

"저는 썸벨리나입니다. 저도 지금 하나 마음 먹은 게 있어요. 그런 일은 절대 일어나지 않게 할 거라고. 일단, 우리는 조금 전 처음 만났잖아요? 또, 도대체 왜, 최근에 다들 갑자기 나랑 결혼하고 싶어서 안달인 거죠? 개구리에, 두더지에, 이제 당신까지!"

"당연히 개구리나 두더지랑은 결혼하기 싫으시겠지요. 징그럽지 않습니까? 하지만 저는 다르죠. 저는 요정인 데다가 왕자이고, 옷도 근사하게 입고, 머리스타일도 세련됐어요."

"이봐요, 저는 결혼하기 싫다니까요."

"왜요?"

"진짜 이 대화를 계속하고 싶은 거예요?"

"한번 해봅시다." 왕자 요정이 말했습니다.

그러자 썸벨리나는 숨을 깊게 들이마셨어요.

"결혼 제도는 시대에 뒤떨어진, 고정적 성 역할에 여성을 예속시키는 경제적 결합 제도예요. 결혼 전에는 아버지가 딸을, 결혼 후에는 남편이 아내를 재산으로 취급하고 매도하는 가부장적인 관습이죠. 그리고, 저는 웨딩 케이크 같은 것도 질색이에요."

"아이쿠!" 왕자 요정이 말했어요.

"이제 보니까 한평생 결혼을 꿈꿔왔다는 사실이 좀 나쁘게 느껴지는군요. 저는 결혼식장에 어떤 턱시도를 입고 들어갈지도 생각해놨단 말입니다."

"아주 잘 어울리실 거예요. 저는 결혼하는 사람이나 동물을 나쁘게 보지는 않아요. 그럴 권리도 있는 거니까요. 그냥 제가 하기 싫다는 것뿐이에요. 그런데 왜 다들 제 인생을 거쳐가는 인간들이 이 일에 불만이냐고요. 제 인생인데."

"저는 결혼하는 날만 기다리고 있는데요. 귀족 요정의 결혼식에는 다들 관심도 많고요."

"저도 귀족 요정 결혼식 좋아해요. 지난번 결혼식 기념품도 잔뜩 챙겨왔다고요." 썸벨리나가 말했습니다.

"저는 그냥 평생 지속되는 일부일처제가 싫은 거예요. 미래에 뭐가 바뀐다 하더라도, 결혼이든 이혼이든 내 인간 관계를 국가가 승인하고 말고 하는 것도 마음에 안 들고요."

"그래요. 난 할 만큼 했네요. 안녕히 계세요, 아름답고 당당하고 자유분방한 독립 여성, 썸벨리나여."

"잘 가세요, 왕자님. 비건을 위한 메뉴가 준비돼 있다면, 결혼식에 저도 초대해주시고요!"

그 말을 남기고, 썸벨리나는 참새를 타고 집으로 날아가 남은 인생을 계속 쭉 행복한 싱글로 살았답니다.

어느 인플루언서의
최후,
「골디락스」

엄마 곰, 아빠 곰, 아기 곰. 이렇게 곰 세 마리는 화목한 가정을 이루고 살았습니다. 그들은 매일 아침 일어나면 죽을 만들어 먹었어요. 오트밀과 그리츠를 오묘하게 섞은 것 같은 죽이었는데, 항상 전자레인지에 너무 오래 돌려서 탈이었어요. 어느 날은 죽이 폭발해서 전자레인지를 닦아야 했고, 어떨 때는 죽을 식탁에 올려두고 식을 때까지 산책을 다녀오기도 했습니다.

언젠가, 그날도 곰 가족은 죽이 식기를 기다리며 산책을 나가 있었습니다. 그때 골디락스라는 이름의 젊은 여자가 곰 가족의 집을 발견했어요. 그녀는 SNS에 올릴 멋진 사진을 찍던 중이었고, 근처의 그래피티 벽 앞에서 포즈를 취하다가 곰 가족의 집을 보게 된 것이었죠. 골디락스는 집 안을 슬쩍 들여다보고는, 그곳이 SNS용 사진을 찍기에 딱이라고 생각했어요.

"와, 이 집 개쩌는데? 집에 감성이 있어. 딱 내가 찾던 장소야!"

골디락스는 두 번 생각할 것도 없이 문고리를 잡아 열고 집에 발을 들였습니다. 어릴 적부터 그 누구도 그녀가 하고 싶은 건 말리지 못했으니까요.

"안녕하세요! 내 이름은 골디락스예요. 사진 좀 찍으러 왔습니다! 저는 인플루언서고, 이 집 사진을 찍어 인터넷에 올리려고 합니다!" 그녀가 떠들썩하게 소리쳤습니다.

빈집에서는 어느 누구도 대답하지 않았고, 골디락스는 어깨만 한번 으쓱하고는 이곳저곳 사진을 찍고 돌아다니기 시작했어요. 핸드폰 삼각대와 셀카 조명을 꺼내, 곰 가족의 집 곳곳에서 포즈를 취했습니다.

골디락스는 사진이 여럿 걸려 있는 복도 앞에서도 포즈를 취했습니다. 곰 가족의 시간에 따른 모습들이 줄줄이 걸려 있는 곳이었는데, 뭔가 스키장 오두막 느낌이라 꽤 마음에 들었거든요. 그녀는 골반에 손을 얹고 쇄골을 앞으로 쭉 내밀었습니다. 그리고 사진이 잘 받는 쪽 얼굴을 카메라에 비추었지요. 그러고 나서 골디락스는 벽난로로 가 불을 쬐는 척하며 몇 장을 더 찍었어요.

주방 식탁에 놓인 죽을 본 것이 그때였습니다.

"이 죽 최곤데? 아침 식사 설정 샷으로 딱 좋아!"

그녀는 식탁에 놓인 도자기 그릇을 살펴보며 말했습니다.

"그릇 옆에 꽃을 좀 뿌려놓고 찍어봐야겠어."

골디락스는 그렇게 죽 앞에서 자기 사진을 찍은 뒤, 사진에 딱 맞는 필터를 찾기 시작했습니다. 적당한 효과를 주려고 핸드폰 화면을 옆으로 문지르며 중얼거렸지요.

"이 필터는 너무 따뜻한 느낌이야. 이 필터는 너무 차가운 느낌이고. 이게 딱 좋겠네!"

게시물 설명을 잘 쓰기 위해서 골디락스는 죽을 실제로 먹기로 했습니다. 배가 고프기도 했고요. 골디락스는 아기 곰의 죽을 먹어 치웠습니다.

"아침으로…… 맛있고 건강한…… 계피 코코넛 죽을…… 만들어 먹었다." 골디락스는 그렇게 게시물을 올렸습니다.

그다음에 그녀는 거실로 향했습니다. 벨벳 안락의자 세

개가 줄지어 놓인 곳이었어요.

"이 의자들 완전 고급 빈티지 가구 카탈로그 사진에서 그대로 꺼내온 것 같잖아! 여기서 사진을 좀 찍어야겠다."

첫째로, 골디락스는 아빠 곰의 의자에 앉아봤어요. 하지만 그건 너무 넓은 데다가 비율도 맞지 않았지요. 그 다음에는 엄마 곰의 의자에 앉아봤는데, 그건 또 너무 좁아서 앉으니 이상해 보였습니다. 마지막으로 앉아본 아기 곰의 의자는 골디락스에게 딱 맞았습니다. 그녀는 의자의 쿠션에 무릎을 대고 포즈를 취했어요. 하지만 그녀가 사진을 찍고 나자, 무언가가 끊어지는 소리가 나더니 의자 덮개가 찢어졌습니다.

"의자 고장 났네. 이거 어차피 짝퉁이었을 거야. 내 잘못은 아닌 것 같고, 바보 같은 의자 문제였겠지."

그녀는 이제 짐을 챙겨 떠나려고 했습니다. 그런데 협찬받은 제품들 홍보 포스팅을 아직 안 했다는 게 생각났어요. 그 순간 2층으로 올라가는 계단이 골디락스의 눈에 띄었습니다. 곰 가족의 침실로 향하는 계단이었어요. 골디락스는 계단을 올라 방문을 열었습니다. 그곳에는 나무로 만든 침대가 3개 놓여 있었는데, 완전 아늑한 스타일이었어요.

골디락스는 곧장 아빠 곰의 침대로 향했습니다. 이게 사생활 침해는 아닌가 따위는 생각하지 않았어요. 그녀는 쿵 소리를 내며 침대에 뛰어들었습니다. 그리고 구독자들을 위한 브이로그를 촬영하기 시작했어요.

"구독자 여러분! 와, 이 침대 좀 봐요. 돌처럼 딱딱해! 여기더 부드러운 리넨 재질 시트를 깔면 어떨까요? Storytimebeds.com에 접속해 프로모션 코드로 'GOLDEN'을 입력하면 좋은 제품을 저렴하게 구입할 수 있어요."

그녀는 엄마 곰의 침대로 갔습니다. 너무 부드러웠어요.

"구독자 여러분! 여러분은 이런 곳에서 잠을 잘 수 있겠어요? 침대가 너무 부드러워서 문제예요. 제가 사진 찍으려고 하면 어떻게 되나 한번 보세요. 침대가 완전히 푹 꺼져서, 제가 입고 있는 씨스루 탑 - 스커트가 잘 보이지도 않잖아요. 그나저나, 옷 예쁘죠? 이 옷은 FairyApparel.com에서 프로모션 코드 'GOLDIGIRL'을 입력하면 할인된 가격으로 구입하실 수 있습니다!"

그녀는 마지막으로 아기 곰의 침대로 갔습니다. 그 침대는 딱 골디락스의 마음에 들었어요. 침대에 대자로 눕자, 잠이 솔

솔 왔습니다.

"구독자 여러분, 오늘 어떠신가요? 저는 오늘 너무 열심히 일했어요. 사진 촬영은 정말 힘들 때가 많아요. 그래서 잡다한 일, 우체국에 뭐 부치러 가는 일은 할 시간도 없어요. Stamps. com에서 프로모션 코드 'YELLOWHAIR'를 입력해보세요."

그녀는 그 말을 남기고 곧바로 잠이 들어버렸습니다.

한편, 곰 가족은 산책을 마치고 죽을 먹으러 집으로 돌아 왔습니다. 그들은 문을 열고 들어오자마자 무언가가 잘못되 었다는 걸 느꼈어요.

"누가 내 죽을 사진으로 찍었어!" 아빠 곰이 말했습니다.

"누가 내 죽을 사진으로 찍었어!" 엄마 곰이 말했습니다.

"누가 내 죽을 사진으로 찍고, 다 먹어버렸어!" 아기 곰이 말했습니다.

집에 침입자가 있다는 걸 알아차리자, 곰 가족은 집 곳곳 을 둘러보기 시작했습니다. 벽에 걸린 사진들은 기울어 있었 고, 거실 의자에 있던 쿠션들은 내팽개쳐져 있었으며, 커피 테이블에는 핸드폰 삼각대가 놓여 있었습니다.

"누가 내 의자에서 사진을 찍었어!"

아빠 곰이 말했습니다.

"누가 내 의자에서 사진을 찍었어!"

엄마 곰이 말했습니다.

"누가 내 의자에서 사진을 찍고, 쿠션을 다 찢어놨어!"

아기 곰이 말했습니다.

그때, 아빠 곰이 계단 끝의 문이 열린 걸 알아차렸습니다. 곰 가족은 계단을 올라 침실 안쪽을 들여다보았어요. 아빠 곰의 커다란 베개가 바닥에 뒹굴고 있었어요. 엄마 곰의 수제 퀼트도 바닥에 떨어져 있었고, 침실 탁자에는 셀카용 조명이 빛나고 있었습니다.

"누가 내 침대에서 브이로그 찍었어!"

아빠 곰이 말했고요.

"누가 내 침대에서 브이로그 찍었어!"

엄마 곰도 말했습니다.

"누가 내 침대에서 브이로그 찍었고, 그리고 아직도 저기 누워 있어!"

아기 곰이 말했습니다.

곰 가족은 일제히 놀라 비명을 질렀어요.

골디락스는 벌떡 일어났습니다. 앞에 서 있는 곰 세 마리를 봤을 때, 그녀는 놀라움에 눈을 크게 떴지요.

"경비 불러!" 엄마 곰이 외쳤습니다.

그러자 골디락스가 말했어요. "잠깐! 당신들 내가 누군지 알아?"

"모르지. 그러니까 문제인 거지. 당신은 우리가 모르는 사람이라고!" 아빠 곰이 말했습니다.

"그리고 지금 내 침대 위에 있고." 아기 곰이 말했지요.

"나는 엄청 유명한 인플루언서야. 이 집에서 방금 사진 촬영까지 했다고. 당신들 나한테 오히려 고마워해야 돼. 사진 대박 잘 나왔다니까?"

"왜 허락도 안 받고 우리 집에 들어온 거예요?" 엄마 곰이 말했습니다.

"그건 그런데, 사진을 찍으려면 어쩔 수 없잖아. 내가 그러고 싶으니까."

"지금 그 말이 어떻게 들리는지는 아세요?"

"아니."

"당연한 권리를 말하는 것 같아요. 무슨 특권층 인사라도 된 것처럼요."

"무슨 말인지 모르겠고, 일단 내 계정에 들어가서 사진부터 봐봐. 나는 특권층이 아니지만 내 SNS 계정은 특권층이라면 특권층이지. @therealgoldilocks야. 원래는 @goldilocks로 하려고 했는데, 이미 누가 쓰고 있더라고. 계정을 팔 생각도 없는 거 같고."

"특권 의식이라는 건 자기 생각만 하고 남보다 더 특별하게 대접받아야 한다고 믿는 걸 말해요."

아기 곰이 말했습니다.

"아니, 지금 내 말을 좀 들어보라니까? 당신들 집 사진 진짜 잘 나왔어. 실제보다 훨씬 멋져 보이게 나왔다고. 인터넷에서 엄청 유명해질 거야. 나한테 고마워해야 한다니까? 뭐야? 표정이 왜 그래? 당신들 뭔데? SNS가 인생의 낭비라고 생각하는 그런 부류?"

그러자 엄마 곰이 대답했습니다.

"사실을 말하자면, 나도 꽤나 유명한 블로그를 운영하고 있어요. 지금 이건 사진을 찍고 안 찍고의 문제가 아니에요. 남 생각은 하나도 안 하고 제멋대로 구는 게 문제지. 당신은 지금 우리 집에 허락도 없이 들어와 물건들을 들쑤셔놓고, 조금도 미안해하는 기색이 없군요. 도대체 뭘 믿고 이렇게 행동하는 거예요?"

"내가 찍은 사진에 벌써 1,432개의 하트가 달렸어. 공감, 댓글, 공유를 해준 수많은 사람들을 믿고 이렇게 행동하는 거지."

골디락스가 핸드폰을 들어 보이며 말했습니다.

"살면서 온갖 자의식 과잉 또라이들을 만나봤지만, 당신은 그중에서도 상태가 심각해요."

"칭찬이지? 고마워!"

"엄마, 이 사람 진짜 최악이에요." 아기 곰이 말했습니다.

아빠 곰이 경비에게 골디락스가 무단 침입했음을 알리자, 골디락스는 침실 창문으로 냅다 뛰어갔어요. 하지만 골디락스가 밖으로 뛰어 도망치려는 순간, 그녀는 햇빛이 놀라울 정도로 멋지게 비추는 걸 봤습니다. 골디락스는 본능적으로 핸드폰을 꺼내 사진 한 장을 찍으려 했어요. 하지만 그 순간 미끄러져 창문 밖으로 떨어지고 말았습니다. 그래서 목뼈가 완전히 작살났어요.

알아요. 아무리 남의 아침을 훔쳐 먹은 자의식 과잉 환자라 해도, 목까지 부러뜨리는 결말은 조금 가혹할 수 있죠. 하지만 우리가 이렇게 정한 게 아닙니다. 원작에서 가져온 결말이에요. 게다가 이번에는 어떤 왕자도 그녀를 구하러 오지도 않았고요.

그러니까 이 상황은 고전 동화치고 딱히 나쁠 것 없는 괜찮은 결말일지도 모릅니다.

신데렐라와 유리 천장

펴낸날	**초판 1쇄 2021년 1월 25일**

지은이	**로라 레인, 엘런 하운**
그린이	**니콜 마일스**
옮긴이	**김다니엘**
펴낸이	**심만수**
펴낸곳	**(주)살림출판사**
출판등록	**1989년 11월 1일 제9-210호**

주소	**경기도 파주시 광인사길 30**
전화	**031-955-1350** 팩스 **031-624-1356**
홈페이지	http://www.sallimbooks.com
이메일	book@sallimbooks.com

ISBN	978-89-522-4272-3 03840

책임편집·교정교열 **구민준**